Living Alone
Stella Benson

独 居

［英］斯特拉·本森　著

符梦醒　译

漓江出版社

· 桂林 ·

［英］斯特拉·本森
（Stella Benson，1892—1933）

本森用钢笔为原著画的
卷首插图

这不是一本真的书，书里也没有真的人，它也不应该被真的人阅读。但世上已经有太多为真的读者写出来的真的书，而且还会有更多这样的书被创作出来。那么我觉得，为有魔法天赋的少数派写这样一本格格不入的小书，也算不上一件很出格的事。

　　我必须感谢《雅典娜神殿》杂志的主编允许我在这里重印我的诗《分离》以及本书的第一章，也要感谢《帕尔玛尔街报》的主编允许我在这里重复使用任何我在该报发表的内容，让我能在第五章加入"疯狂巴士"的不幸之旅。

斯特拉·本森

目 录

001　独居者

005　第一章　魔法到访委员会

018　第二章　委员会拜访魔法

044　第三章　不老的男孩

059　第四章　禁忌三明治

074　第五章　从下面看的一场空袭

096　第六章　从上面看的一场空袭

112　第七章　仙境农场

140　第八章　令人遗憾的周三

159　第九章　独居公寓搬走了

185　第十章　独居者

191　译后记

　　　魔法只会在缺乏激情的世界死去
　　　　——战争、魔法与女性独居

独居者

我的自我变得太过疯狂，不受控制。

不满足于我所能提供的任何慰藉，懦弱地，

它呼号着："啊，上帝，我遭受了灾难。"

在夜间呼号着："我受打击了，我眼瞎了……"

我要离开它。我要在远离自我之处

找到居所。不是透过这些阻碍的眼泪

我看到人们流下的泪水。不是通过这双耳朵

我听到那说出就是折磨的消息。

我要去寻找我的心灵最遥远

最沉静的角落。因为啊，我饥渴地

想听到人在安静中发出的激情的抗议，

抗议他那被诅咒的世界里就要到来的末日。

我自己的漫游——我自己的居留——

它们不会给我的寻找以偏好或取向。

我没有满足的轻松时刻，

我没有朋友，也没有报信者。

无尽时间的海浪歌唱和轰鸣

在空间的悬崖上。在那片海上

我要扬帆远航，不怕没于波涛之下，

无垠的时间会撑起我：

那片海——那一百万个夏天的母亲，

那伴着歌声诞下了一百万个春天的母亲，

会为我的入魔而歌唱，正如她

对人生的失败者歌唱，对死亡的新来者歌唱。

看，那里悬着能驱逐愤怒的星星，

那里不死的年岁嘲笑着痛苦，

这里许诺一种幸福的慵懒

来最终再次抚平时间的海。

所有那些已从死亡中复活的母亲的儿子

大声呼喊："啊，不要为我们悲哀。

你们宣称为了生命和爱诞下我们，

但我们发现死亡比爱人更仁慈。"

我要离开我的自我。它独自一个

在黑暗的废墟中搜寻它的昨天;

它的手敲击在教堂的门上,

然后,在它们的圣坛上,发现自己无法祈祷。

但我是自由的——我不受犹豫不决,

血缘,疲劳,以及所有残酷之事的桎梏。

我为了沉默已出卖了自我,为了沉默

的珍宝,为了某个未来的影子……

第一章　魔法到访委员会

在伦敦不太时髦的某区的一间房间里，有六个女人，七把椅子，一张桌子。除此之外，房间里没有别的家具。六个女人中的三个除委员会之外没有别的生活，她们的具体情况就不必多说了。剩下的人中的两个，一位是梅塔·莫斯廷·福特小姐，一位是阿拉贝尔·希金斯夫人。福特小姐是个好女人，同时也是个淑女。她美丽的双手无可挑剔，因为她有手部护理师为她保养。但她是个道德感很强的人，从不肯涂粉。她是那种一个男人会希望他最好的朋友娶回家的女人。阿拉贝尔夫人年纪大一些，她的品德就像阿喀琉斯一样无懈可击。一开始，当她的灵魂被整个浸在道德之水里时，灵魂的脚踵幸运地一点水也没沾上。她有过一个丈夫，但除此之外她的人生里没什么大的悲剧。这两位女士显然跟这个寒碜的房间格格不入。她们的睫毛让人联想到邦德街——再不济也是肯辛顿区①；她们的鞋子光洁锃亮，毫无泥点；她们的手套可不是打折货。至于第六位女士，关于她，说得越少越好。

这六位女士聚在一起，是因为她们的国家正处在战争中，而她们觉得她们有责任做点什么来让祖国继续维持战争状态。她们是战时节约委员会的核心成员。她们正在等候委员会的主席，本区的区长，同时也是个杂货店店主。

委员会中的五位女士正在讨论如何劝穷人省钱，第六个人正用钢笔在桌子上打着点。

打断她们的不是期待中的区长，而是一个年轻女人。她从面朝着街的门突然冲进屋子中央，一头钻到了桌子底下。委员会成员们大吃一惊，纷纷推开椅子站起身来，发出淑女式的抗议和质询。

"他们在追我！"桌底下的人气喘吁吁地说。

七个人同时屏息了几秒钟，聆听呼啸的寂静。过了一会儿，看见没有追赶者要闯进来的样子，桌子下的陌生人笨拙地从藏身处爬了出来。

任何人，只要不是委员会成员，都不难看出，这个陌

----

① 邦德街是伦敦中心著名的购物街，有众多顶级时装店。肯辛顿区位于伦敦中心西部，是伦敦传统的富人区。（本书注释均为译者注）

生人显然跟灰姑娘是一类人，迟早要成为故事的女主角。但委员会成员们毫无这种洞察力。你参加的委员会越多，你对日常生活就越缺乏理解。当你的日常生活差不多都围着各种委员会转时，那你跟死了也没有两样了。

这个陌生人长得并不漂亮。她的脸很宽，有点奇怪。她的衣服还不到要报废扔掉的地步，很适合捐给一个走投无路的淑女。

"我偷了这个面包，"她坦诚地解释道，"有个没被关押的德国面包师在追我。"

"那你为什么要偷面包呢？"福特小姐问道，她说"为什么"的"为"时发出了一种高傲、吓人的抽吸声。

陌生人叹了口气："因为我买不起。"

"那你怎么会买不起面包呢？"福特小姐接着问道，"你是这么个健壮的女孩。"

你能看得出，福特小姐做社会工作的经验很丰富。

陌生人回答："今天上午十点钟之前，我跟你们一样也是属于有闲阶级的。我有一百英镑呢。"

阿拉贝尔夫人是心底最善良的那种人，但即使是她，听到有人提起有闲阶级也禁不住打了个哆嗦。在她看来，陌生人身上穿的衣服"太可怕"了。如果一个人穿得很好，他就会变得骄傲，敢于直视某个天使。如果一个人穿得很寒酸，他就会更骄傲，甚至会千方百计去盯着不止一个天使看。但如果一个人穿着松鼠毛皮套装，一条原本价值两个半几尼的染过的裙子，那她就无可救药了。

"你把这些钱都挥霍掉啦？"福特小姐紧追不舍。

"是的，十分钟就挥霍掉了。"

六个委员会成员都骚动了起来，有几个咽了咽口水。

"我为你感到羞耻。"福特小姐说，"我希望面包师能抓到你。难道你不知道你的国家正经历着史无前例的斗争吗？一百英镑……你本来可以用它买战争贷①的。"

"对，"陌生人说，"我就是这么做的，我就是这么挥霍掉我的一百英镑的。"

福特小姐看起来差点被这句回答淹死，你都能看得出她的脑筋在奋力挣扎获取氧气。

但阿拉贝尔夫人没发表过意见，得以逃过一劫。"你太鲁莽了，"她说，"我们当然都非常希望把我们能省出来的钱放在战争贷里。但是除此之外，国家不可能期待我们做得更多了。"

"上帝保佑，"陌生人大声道，于是每个人都羞红了

---

① 战争时期，参战国为战争筹资而向公众发起的借款。在"一战"中，普通国民购买战争贷被视为一种爱国行为。

脸，"当然国家不会期待我们都这么做，但这样做不是很好玩吗？你不觉得送出一个远超预期的礼物很好玩吗？"

"国家——"阿拉贝尔夫人正准备说下去，但福特小姐赶紧碰了碰她示意别说话，同时说道："这当然都是一派胡言，可别让她以为我们真信了。"

陌生人听到了她的话。这种人可不只用耳朵听东西。她笑了。

"你们可以看我的收据。"她说。

她从她的大口袋里掏了好些东西出来才找到要找的收据。第六位委员会成员注意到那些东西里有几个上面标着"魔法"的小袋子，陌生人拿起来格外小心翼翼。"这东西极为易爆。"她说。

"我认为你喝醉了。"福特小姐接过收据时说。这当真是一张战争贷的收据，上面还有姓名和地址："黑兹琳·斯诺[①]小姐，格洛斯特郡，皮姆利街，铺盖卷。"

阿拉贝尔夫人微笑起来，松了口气。她做社工的时间还不长，也还没有养成把那些不值得施舍的人当傻子耍的

---

① 原文为"Hazeline Snow"，这是一个护肤品牌名称，其产品备受当时英国上流社会的淑女欢迎。1916 年该品牌进入中国，后由近现代出版家张元济译为"夏士莲雪花膏"。

癖好。她说："那么，这就是你的姓名和住址。"

"这不是。"陌生人直白地回答。

"这就是你的姓名和住址。"阿拉贝尔夫人更大声地说道。

"不，"陌生人说，"这是我编的。你不觉得'皮姆利街，铺盖卷'听起来很可爱吗？"

"绝对是喝醉了。"福特小姐重复道。她可是一周内就参加了八个委员会会议的人。

"嘘——嘘，梅塔。"阿拉贝尔夫人赶紧发出嘘声示意。她探过身来，面无微笑，但友善地露出了牙齿。"你给了个假的名字和地址，亲爱的，我想我猜不出这是为什么。"

"我敢说你猜得出。"陌生人说，"得不到感谢不是很有意思吗？你难道不会有时出于好玩给陌生人寄信，只是因为这些人的地址在电话簿里看起来太可怜了吗？你难道不会因为好玩而忘了带走在商店里买好的东西吗？或是假装充满敬意地立定目送男童子军列队行进，并且时刻提醒自己，在这些孩子眼里他们可不是跟在化了装的助理牧师身后小跑的一群小男孩，而是行军中的英国军队？只要献上人群中一双满意的眼睛，只要让从天而降的一百英镑落入可怜的博纳·劳先生 ① 期待的手中……"

福特小姐笑了起来，笑得像淑女，但也很刻薄。"你真让我发笑。"她说，但她说话的样子让人绝不敢经常引她发笑。

福特小姐是完美的委员会委员，而委员会存在的意义当然就在于挫伤热情。

陌生人不知怎的表现得有些激动。她刚一听到福特小姐的笑声，泪水就涌上了她的眼眶。"你不喜欢我说的吗？"她问道，泪水沿着她的脸颊淌了下来。

"啊！"福特小姐说，"就算你没喝醉，你看起来也有点歇斯底里。"

"你认为年轻就是歇斯底里吗？"陌生人问道，"饥饿就是歇斯底里吗？或者魔法，或者——"

"哎！快别念你的清单了，行行好吧！"福特小姐恳求道。这句漂亮话，就跟她刚才的笑和她的大部分思想一样，都是她从当代的小说中学到的。她有很多朋友是干写作这一行的。她也认识艺术家，还认识一个女演员，以及很多夸夸其谈的朋友。她自己差一点就也要做点什么聪明

---

① 安德鲁·博纳·劳（Andrew Bonar Law, 1858—1923）在"一战"期间曾任英国财政大臣，负责管理战争贷和战争债券。

的行当了。她接着说："我希望你能好好看看你自己，举着偷来的面包大嚼特嚼时还想显得高尚。你自己也会笑的。不过，也许你从不会笑。"她又加了一句，同时抿紧了嘴唇。

"你说的笑是什么意思？"陌生人问道，"我不知道发出那种声音就是笑。我以为你只是在说：'哈——哈。'"

这时，区长来了。就像我告诉你的那样，他是个杂货店店主，也是委员会的主席。他是个糟糕的主席，但是个好的杂货商。杂货商们在履行职责时经常穿白色衣服，我猜这个偏好反映了他们内心的纯洁。他们每天都待在摸起来触感极好的软软的东西之间；有时他们也卖些闻起来货真价实的香皂；有时他们会切切奶酪，于是获得屠夫职业的无上荣光，但又不用忍受这一职业的痛苦。同时，他们也处理画着漂亮图案的亮闪闪的罐头。

区长和杂货店店主对福特小姐来说当然算不上什么，但委员会主席可是个重要人物。她对区长和杂货店店主只是草草地点了点头，但她把第七把椅子推向了委员会主席。

"能让我先处理完这个申请人的事吗？"她用她那尖细的委员会腔调朝每个人问道，然后又朝着陌生人的方向补充道，"胡说八道是没有用的。我们都一眼看穿你了，你可骗不过委员会。不过我们在某种程度上相信你的故事，如果你的情况合理，我们也愿意助你一臂之力。我先来记下一些信息。首先，你的名字是？"

"嗯……"陌生人思考了起来，"让我想想，你不太喜欢黑兹琳·斯诺是吧？那么你觉得特尔玛怎么样……特尔玛·贝内特·沃特金斯？你知道，拉特兰郡的沃特金斯家族，年轻的那一支——"

福特小姐无可奈何地停下了笔。"但我问的是你的真名。"

"你说的真名是什么意思？"陌生人急切地问道，"我刚才说的不行吗？那么艾丽斯……海德？……你看啊，事实是我从来没有受洗过……我生下来就是个出于良心而拒绝服兵役的人，而且我——"

"天哪，闭嘴吧！"福特小姐说，同时作为自卫手段，她写下了"特尔玛·贝内特·沃特金斯"，"我猜这是你在国民登记时录入的名字吧。"

"我忘了。"陌生人说，"我记得在职业一栏我写的是'魔法'，但他们在我的登记卡上写的是'机械师'。我可觉得魔法是个福星高照的职业。"

"那你的职业到底是什么？"福特小姐问。

"我这就让你瞧瞧。"陌生人答道，同时又一次打开了她的衣兜。

　　　　＊　　＊　　＊　　＊　　＊

　　她用手指在空中写了一个字，同时在字下面做了个花哨的手势。这个手势太花哨了，她甚至整个人踮起脚尖转了一圈才又面向她的观众。委员会成员们都惊得跳了起来，因为窗帘被吹了起来。窗外，在街的另一头，远远的广场上的树在柠檬色天空的映衬下，柔和得像蓟花头上的茸毛。一个声音从街上传来……

　　被遗忘的四月和羊群的咩咩声像一串铃声一样响彻了整间屋子……

　　啊，让我们逃离四月吧！我们这些委员会成员，我们不过是在文字的海里游泳，而四月之歌没有属于它的文字。经过这么多年的学习之后，我们知道些什么，伦敦又知道些什么？

　　年迈的伦敦母亲蹲在那里，脸埋在双手间；她四面都笼罩着浓雾和噪声，她的头顶是些黑乎乎的沉重的房梁，她的天窗不过是挡在外面的太阳，她的风不过是从门缝呼啸进的冷风。伦敦懂得很多，她无时无刻不在学新东西，但这件事她永远不懂——阳光一整天、月光一整晚地照耀在她黑黢黢的房屋那银色的屋顶上，春天的日子正悄悄爬上她的墙，在她的烟囱间跑进跑出……

＊　　＊　　＊　　＊　　＊

除此之外，那间房里并没有别的事发生。至少，除了魔法通常带来的一些效果，没什么重要的事发生。灯颤抖着熄灭了，彩色的火焰在陌生人的头上跳舞。有人感受到了发出咕噜声的猫蹭人脚踝带来的刺激触感，有人看到了它灼人的绿眼睛。但这些事都不算什么。

一切都结束了。区长边打响指边轻轻说："猫咪，猫咪。"灯又自己亮了起来。没人知道它还有这能耐。

区长说："太棒了，小姐，这太棒了。你在舞台上肯定能大赚一笔。"但他的舌头好像是在自己讲话，完全不需要区长本人的帮助。能看得出，他被震得失去了他作为杂货商通常具备的镇定品质，因为他激动的手正忙着抚摸一只不存在的猫。

黑猫不过是魔法吸引人眼球的特质之一，即使是魔法初学者也能轻易变出来。对猫这种有条理的动物来说，以这种间断的方式存在，也就是说，不知道在某个特定的时刻它们到底是在那里还是不在那里，肯定很让它们伤脑筋。

委员会的第六位成员把一根啃得凹凸不平的铅笔从嘴里拿出来，说道："既然现在你提到了，我觉得我这周末应该再去那儿一次。我可以把我的耳环当掉。"

当然，没人注意到她，但她的话在某种程度上很符合逻辑。因为那个曾片刻闯入了房间的唱着歌的春日让她想起了一些熟悉的东西。有那么几秒钟，她觉得她正站在一座可爱的小山上，从山毛榉林间望向远处像应许之地一样的山谷。她看到山谷中浅色的河流和深色的小镇，就像牛奶和蜂蜜。

至于福特小姐，她面色发白。她仍然盯着窗户，尽管窗帘已经落了下来，把四月关在了窗外。但她清了清嗓子，声音嘶哑地说："能请你回答我的问题吗？我问你，你的职业是什么？"

"我很不愿意打断你，"阿拉贝尔夫人突然说，"但是，你知道吗，梅塔，我觉得我们在浪费委员会的时间。这个年轻人不需要我们的帮助。"她又转向陌生人说道："亲爱的，我很不好意思这么说，但你一定得见见我的儿子理查德……我的儿子知道……"

她突然哭了起来。

陌生人拿起了她的手。

"我非常非常愿意见理查德，以及多多认识你，"陌生人满脸通红地说，"如果你能叫我安杰拉，我会很高兴的。"

这不是她的真名。但她注意到，每当有人突然变得充满母性并且哭起来时，就会有人说诸如此类的话。

随后她就离开了。

"我的天！"区长说，"不知道为什么，我没料到她会从房门出去。看！她把什么工具落在墙角了。"

那是把扫帚。

第二章　委员会拜访魔法

我猜你肯定不知道手套岛。这地方很难到达。从肯辛顿出发，得转七次公交车，再坐渡船渡过一条河才能抵达。手套岛上有一个模范村①，包括几百幢房子、两间教堂和一间商店。

委员会散会后，是第六位委员在无人认领的扫帚把上发现了这个地址：伦敦，手套岛，美丽大道 100 号。

尽管第六位委员也是委员会成员之一，却既不精通、也不喜欢做好事。在做好事这方面，我认为我们染上了坏毛病。我们作为一个群体想对个体做好事，但如果真要做好事，看起来更合适且更符合先例的做法，是个体应该为

---

① 从十八世纪以来，英国地主和企业主为雇工建造的居住区，通常离工作场所较近，有较好的住房条件，因此被称为模范村（model village）。

群体做好事。我们需要借助财务主管的微笑才能打开钱包，需要委员会主席的许可才有勇气做事，需要会议纪要赋予我们记忆力。如果没有委员会为我们承受指责，我们中几乎没人敢把一件法兰绒睡衣捐给一个停下手来靠边站的工厂女孩，因为我们害怕工厂女孩仗着拥有一件法兰绒睡衣，会往边上多挪几步。

第六位委员习惯于相信委员会。对她自己，她是不相信的，尽管她觉得就一般人性而论，自己还算是个不错的人。两年前，她刚来伦敦时，除了一只小箱子和一腔做好事的热情，身上别无长物。她不可避免地为她的真诚付出了代价。看着这么一个天性健康又具有反抗精神的人就这么误入了慈善的坦途，真是令人伤心。快乐又鲁莽的年轻人毫无防备地走上这条两边布满花坛的道路，那些值得帮助的穷人发出的唯唯诺诺的感谢声就像红酒一样让他们上头。路的两边都有委员会在等着他们上钩，路上每隔一英里都有青年旅舍和睦邻中心 ① 向他们发出致命的诱惑，吸引他们中断旅程。他们兴高采烈地奔向他们的毁灭，而

---

① 睦邻中心（settlement house 或 settlement）是十九世纪末到二十世纪初英国的睦邻运动期间在城市贫民区建立的公益性组织，旨在为穷人提供社区服务，改善不同阶级间隔阂的状况。

且，我认为他们最终会发现自己已无路可逃，被选为坐在玻璃海①边上的委员会终身成员。

第六位委员因为性情上的缺陷，幸运地躲避了到达慈善这个大漩涡的涡流中心的命运。我相信处在涡流中心几乎总是意味着看到更少的东西，正如靶心②一般来说总是盲的。

在社会工作方面，第六位委员大致上是那种你让她做什么她就做什么，但做得不怎么样的人。其结果是，所有那些被委员会委婉地称为"协调工作"的活儿都派给了她。协调工作包括：坐公交车到伦敦各个偏僻的角落，按别人家的门铃，却几乎总是发现要找的人半个月内都不在家。第六位委员被委派将扫帚归还给失主。

也许，把第六位委员称作萨拉·布朗会更实际一点。

痛失了扫帚的失主正在手套岛美丽大道100号洗头，洗头时站在店铺的柜台后面。她是手套岛上唯一一家店铺的管理人。这是家杂货铺，但特色是经营幸福和魔法这类商品。不幸的是，战争时期很难搞到幸福。有时，店铺开

----

① "玻璃海"（the glassy sea）的比喻化用《圣经·启示录》（和合本）中约翰对上帝宝座的描绘："宝座前好像一个玻璃海，如同水晶。"

② "靶心"的原文为 "bull's eyes"。

门时外面已经排了长长的队；有时，店铺门口会放一张卡片，措辞礼貌地写着："抱歉，等是没有用的。我这儿没有。"当然，这家店也卖阳光牌香皂，店长就正在用阳光牌香皂洗头，因为这天是礼拜天，而洗头是相对来说比较便宜的娱乐方式。店长没有钱。她本来打算早餐后去她老板的办公室预支点下周应付给她的工资，但就是这时她发现她不知道把扫帚丢哪了。一般来说，哈罗德——这是扫帚的名字——是把很独立的扫帚，总能自己找到回家的路。但当他有时被误放在陌生人那里，尤其是在被好心人送到苏格兰场时，他脑子就糊涂了。天真的读者可能会说，扫帚的主人应该从库房里另借一把扫帚出来。但你不知道的是，驯服一把野扫帚是多艰巨的一项工作。有时要花好多天，而且即使在战时，这也不是一件适合女人来做的事。这些粗野的扫帚经常很野蛮，而且总是很固执。店长女士也没钱乘地铁去市中心，更不用说交渡船费了，因这渡船不是伦敦郡议会的，船资又贵又起伏不定。当然，对魔法人士来说，乘闪电总是办法之一。但在战时使用闪电不仅被认为不爱国，而且很失礼。

商店在礼拜天一般不接待客人，但女店长刚把头泡进水盆里，就有人进店了。于是她站起身来，头上滴着水。

萨拉·布朗顿了一顿，趁着这个间隙习惯性地花了点时间来回忆她到这儿的目的，然后问道："特尔玛·贝内特·沃特金斯小姐在吗？"

"不在，"女店主回答，"但请坐下。你可能还记得，我们昨晚见过。你能借我一加二便士买两块肉做我们的午餐吗？我还多一张食物配给券①。库房里还有罐头三文鱼，但我不建议吃那个。"

"我只有七便士，刚够我回家。"萨拉·布朗回答，"但我可以把我的耳环当掉。"

我猜你大概从没注意到手套岛上没有当铺。模范村的居民们总是有可靠的收入，就像野地里的百合花②一样生长。萨拉·布朗和店铺的女主人坐在柜台上，毫无遗憾地享用了她们的午餐：从客人的包里找到的一个橙子，一分为二；两片库存的薄薄的船长饼干③。她们俩都习惯于消除无法获得的肉块的幻影，都对那种如果你早餐后就再也没钱吃饭，那么必然会在晚上六点钟左右袭来的轻微悲剧感

- -

① "一战"期间因食物短缺，英国曾实施食物配额制。

② "野地里的百合花"出自《圣经·马太福音》（和合本），是耶稣对信徒说的话："何必为衣裳忧虑呢。你想野地里的百合花，怎样长起来，他也不劳苦，也不纺线。"

③ 船长饼干是一种由面粉、水和盐做成的适合长时间存放的硬饼干，经常作为水手和军队的补给品。

颇为熟悉。

"听我说,"萨拉·布朗一边说一边把她的便携小刀插进橙子,"你能不能告诉我,你到底是个仙女,还是'三楼后侧神秘房客'[①]那类人,或者那种点化人向善的角色?我保证我不会记录下来的,也不会写进你的案件卷宗,但如果你真有点超能力的话,我肯定会很受诱惑的。"

"我是个女巫。"女巫答道。

也许你知道,巫师是第一次诞生的人。我猜我们都曾有过这种美好的经历,我们都曾有机会使用魔法。但对我们大部分人来说,这个机会出现在历史长河无聊的初始时期,我们把我们最好的咒语都浪费在了蛇颈龙或是原生质,又或是手持火剑的天使身上。它们当然都懂魔法,所以对我们的咒语不屑一顾。如今,巫师是很少见的,但可能没有你想的那么少见。他们什么都不记得,于是什么都不懂,也不会感到无聊。所有事他们都要从头学起,除了魔法,魔法可以说是唯一真正意义上的原罪。在有魔法的

---

① 《三楼后侧的房客》(*The Passing of the Third Floor Back*)是英国作家杰尔姆·K.杰尔姆(Jerome K. Jerome,1859—1927)在 1908 年发表的剧作,曾在 1918 年和 1935 年两度被改编为电影,大受好评。故事讲述一个住进伦敦公寓三楼后侧房间的神秘房客如何影响了公寓里的每个人,使他们过上更好的生活。

人看来，只有魔法是寻常事物，而其他一切都是未知的，没被想到过的，于是也不会被鄙视。魔法人士总是很显眼——他们在人群中太过显眼，以至于我们这些老灵魂几乎没法理解他们。他们完全不懂得为人处世的微妙之处，而且，尽管他们是新灵魂，却丝毫不现代。你可以愤世嫉俗地告诉他们，只有今天是真实的，除了前天，再没有什么比昨天更不值得一提的了。他们会赞叹你的聪明，但下一刻你就会发现一个女巫为丁尼生的诗歌落泪，一个男巫对埃德温·兰西尔爵士[①]的奇特想象力报以微笑。你根本没法把魔法人士和普通人类混起来。你我都经过了历史上万千生命的历程，最终达到了一种太过精微的卓越。在我们的时代——在我们历史的大多数时候——我们已经膜拜过任何能想象得到的东西，现在我们只能去膜拜那些想象不到的东西了。我们把我们的偶像倒立起来，因为这样做很新潮，而且我们觉得我们更喜欢他们头脚颠倒的造型。我们不停地说话，眼上蒙着手绢，踉踉跄跄地在永恒中前行。如果我们幸运的话，在二十几次人生中有那么一两次，遮蔽我们眼睛的手绢滑落了，我们挣扎着睁开一只

---

① 埃德温·兰西尔爵士（Sir Edwin Landseer，1802—1873）是英国画家与雕塑家，擅长画动物，在十九世纪家喻户晓。

眼，便看到像大树一样的神行走在我们身边。这可了不得了！这一瞥就足够我们谈论两三辈子！女巫和男巫不被任何观点遮蔽。他们只是四处看看，并被他们所见之物震惊和吸引。

所有的巫师都以奇怪的方式出生，以暴烈的方式死去。他们是那些古老而神秘的家族的后代。他们的祖先是那些在家里使用魔法并因此而死去的女人，是那些在必败的事业和没有得益的战斗中使用其他魔法，直到脸朝着花丛倒下死去，但依然保持震惊和兴趣的男人。不是所有这样死去的男人都是男巫，也不是所有具冒险精神的殉道的女人都是女巫，但每一个这样死去的人都给他们的家族注入了一点魔法的潜质。

"女巫，"萨拉·布朗说，"当然应该如此。我一直在想扫帚让我想起什么。当然你会是个女巫。我一直想和女巫交朋友。"

女巫并不知道对这样的话，得体的回答会是："噢，亲爱的，让我们做朋友吧。你知道吗，我见你的第一秒就喜欢上你了。"她根本没有回答。萨拉·布朗早已厌倦了得体的回答，所以并不感到失望。尽管如此，女巫的沉默还是让对话显得有些空白，于是她自己补上了这个空白，充满学究气地说道："当然，我不认为友谊本身是个目的。

这不过只是达到目的的一个手段罢了。"

女巫花了一分钟费力地思考这句话，最后说："我不懂你在说什么。告诉我——你自己懂这句话的意思吗？还是说，你说这句话只是为了看看它是什么意思？"

萨拉·布朗显然被这句话噎住了，于是女巫好心说道："我跟你赌两便士，你肯定不知道这是什么地方。"

"这是家店铺。"坐在柜台上的萨拉·布朗回答。

"这是个女修道院与男修道院的结合体，"女巫答道，"我是这家机构的正式员工。我承办这家机构的事务，但我忘了我的正式头衔是什么了。不能叫承办人①，对吧？"

"可以叫主管员或秘书。"萨拉·布朗一脸阴郁地建议道。

"那我觉得应该叫主管员，"女巫说，"至少我知道皮奥妮②叫我主管。你是自己一个人住吗？"

"是的。"

"那你应该来我们这儿住。我们这类机构世界上还没有第二家。我们这家公寓的名字叫'独居'。我来给你念念我们的简章。"

---

① "承办人"的原文"undertaker"也有"殡葬承办人"的意思。

② "皮奥妮"（Peony）在英语里的意思是"牡丹花"。

她突然跪了下来，开始跟一个抽屉缠斗起来。这个抽屉显然是亚瑟王之剑的众多后代之一——只有命中注定的那只手能把它抽出来。女巫斗争了一会儿，最终通过了测试，从抽屉里拿出一张写满了幼稚的红色大字的羊皮卷。

"这是我的老板拟定的，"女巫说，"渡船夫帮我们把它写了出来。"

以下就是简章：

> 本公寓名为"独居"。
>
> 本公寓旨在解决下列人士的需求：痛恨自己家，其次痛恨酒店、俱乐部、睦邻中心、旅馆、寄宿公寓、出租房的人士；厌恶女房东、服务员、丈夫、妻子、女清洁工以及各种照料者的人士。本公寓是那些献身于未知神明的修士与修女的修道院。厌倦了不胜其烦地娇惯自己身体的人，喜欢让自己有点不舒服、讨厌有人照顾的人，除告诉巴士售票员自己要去哪以外喜欢终日不跟人说话的人，厌倦了羊毛制饰品、一叶兰盆栽和墙纸上永远在蓝丝带间盛放的两代玫瑰的人，对给小费和道谢一窍不通的人，自己不会做饭又讨厌别人为他做饭的人，将在这里找到他们的梦想之

地，以及额外的一些东西。

本公寓共有六间房，没有公共会客厅。房客们若想交谈，必须到楼梯上或店里去。每间房都有用石灰水刷白过的墙，并配有一张小软木桌、一把木制椅子、一张硬床、一个锡制浴盆、一个不太方便的小壁炉。房客带入公寓的所有物品必须能够装进一个大手提箱。地毯、地垫、镜子以及任何单价超过三几尼的衣物都不准带入公寓。一旦发现房客有下列行为，立刻逐出公寓：乘坐过出租车出行，乘坐过头等座到任何地方，买过价格超过三先令一百根的香烟或十八便士一磅的糖果，或是在任何娱乐场所买过价格超过三先令六便士（含战时税）的座位票。本公寓欢迎房客的狗、猫、金鱼以及其他各种超人类伴侣。

优先考虑有工作的房客。房客如果没有工作，必须在每天二十四小时中花至少十八小时完全独处。如未获公寓主管的特别许可，任何房客不得招待他人或接受招待。

公寓后院设有水泵。本公寓不配备电话、电灯、热水系统、服务人员以及任何现代舒适设施。推销人员不准入内。本公寓不收房费。

"听起来这里确实是个不寻常的地方。"萨拉·布朗不得不承认，"这家公寓总是满员吗？"

"从来住不满。"女巫说，"许多人什么都能忍受，唯独受不了最后一条。目前我们只有一位房客，名叫皮奥妮。"

她把简章放回了抽屉，然后试图关上它。就在她忙着跟抽屉大动干戈时，萨拉·布朗注意到抽屉里装满了她昨天在女巫的物品中见过的那种小纸袋。

"你会用魔法做什么呢？"她问道。

"哦，我会做很多事。我主要是用它作为幸福的一味原料，有时是提醒人们什么事，有时是让他们忘记什么。在我看来，有的人用一种悲观的态度看待幸福。"

"我发现，"萨拉·布朗用说教的口吻说，"我的幸福总是来自地上，而不是天堂。"

"你说的天堂是什么意思？"女巫问道，"我对天堂一无所知。我以前在城里工作时，曾买过一本关于天堂的小书，每天早上坐地铁时读。我以为我每天都会变得更好，结果根本不是那么一回事。"

自然，萨拉·布朗为竟然能碰到一个对天堂一无所知的人感到震惊。她继续她关于幸福的思考。她打算将来某天写一本书，如果她能找到一个启发灵感的练习册开始写的话。她觉得她自己还是很擅长有想法的——可怜的萨拉·布朗，她总得找到一件能让自己有点信心的事。我认为她只是个善于在心里表达的人，对外她一点也不善于表达。但有时，她能对别人谈论自己。

"上天给了我糟糕的健康状况，却没有给我足够的青春让我的糟糕境况充满冒险。"她继续说道，"上天给了我一颗敏感的心，却没给我自然又令人愉悦的爱心。上天给我种种残疾，大概是想把我打造成一个内心高尚的人，却在最后一刻忘了给我必要的高尚品质。说实话，上天没给我所有那些能够弥补残疾的东西。但幸运的是，我自己找到了对残疾的弥补；我总得自己找到些什么。世人已经给了我所有我这样的人能够期待的东西。我在任何人那里都没遭遇过毫不讲理的敌意，或是刻薄，或是任何比自然的冷漠更难以忍受的东西。可以说，我对世界来说一直都是个负担和令人扫兴的人。在所有人家里，我都是个患了病的烦躁不安的陌生客人。我向世界索取很多，却没有任何付出。我从来没成为什么人的朋友。没有人期待能从我这儿获得什么回报，但人们对我毫不吝啬。女房东、警察、唱诗班女孩、混混、妓女——可以说，我这样的人的天然仇敌——都予我以善意，而且常常是他们轻易不会给出的善意，他们总是给我带来欢乐和消遣……"

"啊，你可真是个让我感兴趣、让我激动的人，"女巫说道，说实话，她刚才走神了，"你正是我们这家公寓期待的房客。"

"但是你们会想要一个生病的房客吗？"萨拉·布朗灰心地说，"女巫啊，我对所有人来说都是个麻烦，我总是在生病。我对每一位接待过我的女房东或女主人的最初了解，总是她们的晨衣在烛光下的颜色，或是她们有没有晨衣。"

"在这里，疾病绝不是件坏事。"女巫说，"我赌两便士，我店里就有能让你好起来的东西。三指幅的幸福，不掺水，夜间热腾腾地服下——"

"但是，女巫啊女巫，还有最糟糕的部分。我的听力快不行了，我觉得我就快要聋了……"

"你能听到我说话。"女巫说。

"没错，我是能听到你说话。但是当大家都在说话时，我就像个被关起来的囚徒。每一天，我和世界之间都有更多扇门被关上，你不知道这有多糟糕。"

"啊，好吧。"女巫说，"只要你能听到魔法，你就有打开你的监牢的钥匙。有时候，听不到别的东西会比较好。你就是独居公寓的理想房客。"

"我这就回家去接我的狗大卫和我的手提箱汉弗莱。"

萨拉·布朗说。

正在这时，渡口对面传来了出租车的声音，同时船夫叫道："好啦好啦，我很快就过去了。"

"我希望不是皮奥妮在出租车上。"女巫说，"我真是厌倦了把房客赶出公寓。皮奥妮最近在取钱，她可能会禁不住诱惑。"

她们听着。

她们听到有人从渡船上下来，以及梅塔·莫斯廷·福特小姐对船夫说话的声音："你认不认识一个名叫沃特金斯的年轻女人，住在美丽大道 100 号——"

"不，他不认识，"女巫边大声说着边推开了店铺的门，"快进来吧。你可能还记得，我们昨天见过。如果你能好心借我三便士的话，我就叫船夫给我们搞半打半便士的面包做下午茶，我们自己不烤面包。"

"我已经用过茶了，谢谢你。"福特小姐说，"我刚在河对岸参加一个朋友间的小聚会，想着回家时顺便拜访一下这里。我记下了你的地址——"

她走了进来，看到萨拉·布朗也在，吃了一惊，接着便用她的委员会腔说道："我记下了你的地址，因为我办一个有希望的案子时从来不会考虑给自己添多少麻烦。"

萨拉·布朗刚听到这个尖厉的声音时吓得昏了头，开始往柜台下面钻。但柜台下的饼干罐子不愿给她腾出空间，于是她不得不站了起来，礼貌地微笑着。

"你能参加朋友的小聚会，真好啊。"女巫说，显然，她想装得像个真正的人类，"我从来不参加，除了偶尔失误的时候。即使我参加了，只有当他们有蔬菜三明治吃时我才会待下去。有一次，他们提供的是混有煮鸡蛋碎的蔬菜三明治，于是我待到了吃晚饭的时候。能看得出，你就没这么幸运了，不然你看上去肯定会更开心。"

"我去拜访朋友不是为了吃他们的饭，而是为了听他们的观点。"福特小姐说。

萨拉·布朗正朝着门口溜过去。

"啊，别走，"女巫说道，她看不出别人正在使用交际策略，"我已经派我的扫帚哈罗德去接你的狗大卫和你的手提箱汉弗莱了。他是个很棒的打包者，把自己和工作都打理得很干净。求求你不要走。你知道吗，我总是很怕被迫独自跟一个聪明人待在一起。"

"既然是这样，我要为我的打扰道歉了。"福特小姐义正词严地说，"我重申一遍，我来这里只是因为我觉得你这个案子很特殊。"

在一阵长长的沉默中，黄昏渐渐降临了。透过玻璃门能看到月亮奋力地把天空中拥挤的云层推开，升了起来。

玻璃门一角的一道裂缝也被点亮了，看起来就像是从一场路过的暴风雨中摘下并保存在玻璃中的一小枝闪电。

福特小姐突然开始快速说一些奇怪的话。任何一个头脑正常的人听到，都会明白一定是有什么出错了她才会这样说话。她显然被某种恼人的"反福特"精灵附身了，任何她不在状态时说的话，比如现在说的，都不应该被记住，让她难堪。

"上帝啊，"福特小姐说，"我来这里，是因为我对你昨晚在黑暗中所说的非常、非常向往……你说到四月的大海——你用的词是'铙钹的撞击声'，对吧？你说像褐色的钻石一样的海岸平整地迎接翻滚的海浪……薄薄的一层青草下的白色沙丘……被风吹向一边的柽柳枝条……"

"然后呢？"女巫问。

"呃，"福特小姐一时语塞，"我想我来是为了问你……你知道哪儿有出租的好房子吗？简单而有益健康的浸浴……令人满意的饭菜，热的和凉的……"

她可怜的声音渐渐小到听不见了。

突然来了一阵剧烈的晃动，门被撞开了，一把身手利索的扫帚把一只狗和一只手提箱推了进来。

"非常抱歉，沃特金斯小姐，"福特小姐生硬地说，她恢复了平板正式的表情，但满脸通红，"如果我刚才说了些无稽之谈，我很抱歉。我猜是我太累了，昨天工作太多，开了四场重要的会。有时候我都觉得我快要撑不住了。有时我会经历吓人的情绪风暴。"

她紧张地看着萨拉·布朗。在私人生活中碰到同一个委员会的委员总是令人疲惫，尤其是在你恰好容易经历情绪风暴时。当然，人们完全有可能在做慈善时表现得无懈可击，在社交场合却让人无法接近。

但萨拉·布朗其实没听见多少内容。她一直都觉得福特小姐的声音难以听清。这会儿，她正跪在地上问她的狗大卫来这里的旅途怎么样。但大卫还处在震惊中，说不出什么。

"不要因为我是个做实际工作的人，"福特小姐说，"就以为我不懂内在的意义。相反，我也许在精神领域浪费了太多时间。这就是我会对你的案子格外在意的原因。我曾经有个很好的朋友——可惜现在他在战壕里——他拥有魔力。他经常来参加我的周三聚会——至少我经常邀请他来参加，但他跟你一样恍恍惚惚的，老是记错日子。他曾经帮过我很多，我很想他……总之，我认为真正的慈善绝不是名义上的。我一眼就看出你的案子很独特，你也是有神秘力量的……"

"你说的神秘力量是什么意思？"女巫问，"你指的就是懂魔法吗？"

"一个奇怪的结合体。"福特小姐局促不安地把内心的想法说出了声，如果不是因为局促不安，一个人是不会把心里的想法说出声来的，"一个奇特而有趣的幼稚与力量的结合体。问题在于——力量占多大成分？沃特金斯小姐，希望你能来参加我的周三聚会，见一见我的一两个朋友，他们也许能帮你找一份工作——演讲的工作，你懂的。关于催眠术或招魂术的演讲配上实验，一直都大受欢迎。你绝对拥有力量，你只是需要一点点广告，来使你的力量真正对大家有用。"

"你说的广告是什么意思？"女巫问，"现在时兴的广告花招是个让我头晕的问题。我总是受很多问题困扰。现在的世界好像被海报统治了。人们从大幅广告牌上知道他们的责任。为什么我们不把'十诫'贴满所有的墙和巴士，这样问题不就解决了？"

"听着，沃特金斯小姐，"福特小姐继续说道，"我想让你见见画家伯纳德·托维，还有创办了志向俱乐部的艾薇·麦克比、报纸《我困惑》的主编弗里尔，以及其他几个经常参加我的周三聚会的朋友，他们都对神秘主义感兴趣。这对你来说绝对是个机会。"

"恐怕你会很生我的气。"女巫立刻用空洞的声音说，

"如果我昨晚表现得有点神秘，我非常抱歉，但那肯定是个意外。看起来，我昨晚在没意识到的情况下说了太多话。恐怕我是有点炫耀了。"

表达忏悔的悲伤的泪珠已经闪在她眼里了，但她突然换了个话题，问道："你是一个人生活吗？"

"是的，没错，"福特小姐说，"我的朋友都说我是个彻头彻尾的隐士。我的空房间里几乎从来不会有房客，这给我的三个女仆制造了很多工作。"

"我猜你不会愿意舍弃你的三个女仆搬来这里住，"女巫委婉说道，"我当然能治好你提过的情绪风暴。或者，我能让你持续不断地经历情绪风暴，中间根本没有沉闷的成熟期，这样你就意识不到你在经历情绪风暴了。我们这家公寓可以说是疗养院和社团的结合体。我来给你念一念我们的简章。"

* * * * *

"很有趣。"福特小姐沉默了一分钟，等着听简章里还有没有什么别的内容，然后才回答。这会儿她已经完全恢复过来，又挂上了那种她自己误认为传递出幽默感的干练精明的表情。"但为什么要有这些让人不舒服的规定呢？

为什么不鼓励社交呢？我猜你们面向的阶层中大多数人都没有认识到进行社交的责任。"

"这家公寓，"女巫答道，"正是面向不属于大多数的人。船夫说，那些只要成为一般人就满足的人正在拉低我们的整体标准。我希望你能见见皮奥妮，她是目前为止我们唯一的房客。但她这会儿出去了，等她回来的时候她可能会有点醉。她出去取钱了。"

"取什么钱？"福特小姐问。她总是很关心穷人的收入来源。

"士兵的配额。她是未成婚的士兵的妻子。"

福特小姐脸上的表情机巧地把这个直接而不得体的表述从对话的表面擦掉了。她问道："你们怎么让你们的公寓获得回报呢，如果你们不收房费的话？"

"你说的回报是什么意思？"女巫问，"回报给谁？用什么回报？是这样的，如果你愿意搬来这里住，经过我的许可后，你可以每周在楼梯上办你的周三聚会。不过情况是，扫帚哈罗德总是喜欢逃避扫楼梯的活，他现在正跟肯蒂什镇的一把欧雪松牌拖把来往，但我相信拖把姑娘肯定愿意每周二晚上来把楼梯彻底打扫一遍。另外，我们的库存中还有工装服，只要二加十一个三——"

"啊，我喜欢你的轻快调子，"福特小姐说，同时大声笑了起来，"你来参加我的周三聚会时记得也要这样讲话。我的大部分朋友都是彻底的社会主义者，他们认为要尽可能地弥合阶级之间的鸿沟，所以你一点都不用感到害羞或尴尬。"

渡船拍打河水的声音再次传来，同时伴随着有人登岸的重重脚步声，让整个商店都震了一震。众人听到船夫说："我不认识任何叫这个名字的人，但我相信店里的年轻女士能帮上你的忙。"

阿拉贝尔·希金斯夫人进了店。

"什么？梅塔，你也在这？还有萨拉·布朗？这巧合真是太有趣了。安杰拉，亲爱的，我昨天特意写下了你的地址，但我找不到那张纸了——这太像我了。于是我打了区长的电话，他说他也记下了你的地址，他会来带我找到你。但我没等他。我想跟你谈谈——"

"呃，我真的要走了，"萨拉·布朗打断了她，"我得跑去布朗区找个典当铺，我太饿了。"

"任何人都不需要因为我而离开，"阿拉贝尔夫人说，"你们昨晚都听到了安杰拉在黑暗中对委员会说的话。我不知道她为什么要特地说给我听，但既然如此，这件事也没有什么可保密的了。当然，一开始我觉得，有人知道了这件事，甚至谈论它，实在是糟透了。我不明白为什么你会知道，安杰拉，我在试着不去想明白……"

她心不在焉地拿起一块船长饼干咬了下去。饼干在她手里像叶子一样颤动。

"没错，理查德确实不像别的女人生出来的孩子。你知道的，梅塔。安杰拉显然也知道，而且——至少是从昨天开始——我想我也认识到了。他不会读书写字。我在心里一直知道我说了无数次的借口——'我们不可能都成为文豪'——根本是在自欺欺人。还有他经常毫无原因地失踪……你知道吗，我只有一次见过他跟别的男孩一起，跟别的男孩做一样的事，那就是我看着他跟几百个真正的男孩一起列队行进的时候……那是 1914 年……那是我最幸福的一天，我想不管怎样，我最终还是生了个真正的男孩。然后，就像你们知道的，他没有得到任何委派，甚至连一个军衔都得不到，可怜的孩子。他两次做了逃兵——完全是心不在焉——他从小时候起就是这样——'我想看看更远的地方'，他总会这么说；当然，在战壕里情况就更糟糕了。唉，亲爱的安杰拉，这些你全都知道——至少，知道得可能不那么全。我想告诉你——因为你说当理查德的母亲是多么美好……

"派恩赫斯特——我的丈夫，你们知道吗，他是个医生——他也有那种去更远的地方看看的热情。他在伦敦总是生病。我说他是得了哮喘，他说是因为在伦敦他不能看得足够远。为了理查德的出生我们去了美国，派恩赫斯特坚持要往西去。我以防万一，带了个好的保姆跟我们一起上路。派恩赫斯特说，东边充满了小小的阻碍，人们的眼睛已经把地平线上的秘密都吸收尽了。我喜欢鳕鱼角①，但他说，那些平坦的湿润之地之外总有一道海的墙。我们在怀俄明州沙漠里一个铁匠家的空房间里住下，但即使是在那里，地平线似乎也比我们要高一点。一个晴朗的日子，在粉红色的朝霞中，我们看到了一个可能是梦境的东西，亲爱的，但那也可能是落基山脉。派恩赫斯特还是忍受不了这些，于是我们继续向西走——太累人了。我们乘坐一个掘金者借给我们的小矿车顺着一条窄窄的道上了山。你一定会觉得我们疯了，梅塔，但是你知道吗，我们真的找到了世界的边缘，一个没有地平线的地方。我们从参差的松林中间看过去，目光越过了那些雄伟古老的紫色山峦的肩膀——我们看下去，直直地看到了永恒的群星……那里有高耸的岩石——一层层起伏的玫瑰红的岩石，白天在阳光的照耀下热热的，晚上又成了好的躲避处。你们知道

----

① 美国东北海岸马萨诸塞州东南部伸入大西洋的一个半岛，是旅游胜地。

吗，那些暗色的小块云团在日落时独自在山巅行走——就像你说的，安杰拉——它们像树，有时又像面孔，有时也像驼背的小吉卜赛人的影子……我那时会看着山想：'我在这里是干什么呢？面对着金色天空下巨大的群山组成的风暴，我这么忧心又这么渺小，是为了什么呢？'我在夜里经常想起那些山，它们就像我们离开时那样，独自在那样不自然的月色下站着——那处世界尽头的月色是不自然的——它们那样孤零零地站着，没有目光来玷污它们，就像派恩赫斯特所说的，连我们自己的目光也不能玷污它们……你会说，那次冒险——我此生唯一的冒险——是不可能的，梅塔。是的，它确实不可能。理查德是个不可能的男孩，在一个不可能的日子、一个不可能的地方出生。啊，我可怜的理查德……我亲爱的，我在这儿说了这么多胡话。我们那时真是疯了。你必须得认识派恩赫斯特，才能懂得这些，真的。啊，我们再也找不回我们的山了。我永远不能原谅派恩赫斯特……"

"你永远也无法报答派恩赫斯特。"女巫说。

阿拉贝尔夫人好像没有听见。有好长一会儿，谁都没有吭声，除了萨拉·布朗在对她的狗大卫低语。你得原谅她，并且记得她一直生活在绝对的孤独中。她被封闭在自己的世界里，从她的牢房唯一一个装着栅栏的窗户看出去，她只能看到她的狗大卫。

理查德的母亲最后说道："我来是想跟你说，理查德昨晚意外地告假回家了。你当然得来见见他——"

"理查德回家了！"福特小姐叫道，"这真是奇怪，我正好跟沃特金斯小姐说起他的力量，以及她多能让我想起理查德呢。一定要告诉他，让他把周三的下午空出来。"

阿拉贝尔夫人出于失误没理会福特小姐。她接着对女巫说："你周二能来我家喝茶或用晚饭吗？"

"那就晚饭吧，谢谢。"女巫立马回应道。让我重复一遍，社交技巧是她闻所未闻的东西，所以她又加了一句："我也会带上萨拉·布朗。我赌两便士，她好些天都没正经吃过一顿饭了。"

就在这时区长进来了。女巫立刻发现，他和她之间有某种秘密的默契，但她不懂那是什么。她的魔法恶作剧经常使她陷入这样的境地。她充满希望地对他回以眨眼。但她实在是不善于使眼色，所有人，包括狗狗大卫，都看到她眨眼了。福特小姐看起来有点被冒犯到了。

第三章　不老的男孩

　　手套岛上总是有好天气，这里的空气就像处于你和完美之间的彩色玻璃。你总能在手套岛幸福的生活方式中找到一种信念：最坏的日子已经过去了，而且即使是最坏的日子也没那么糟糕。在这里，你敢回忆起冬天，因为就连冬天都是美的；你可以朝着阳光微笑，回忆起那预示着降雪的覆盖整座岛的灰色阴霾；而且好像总是有快乐紧跟在风暴后面，有快乐跟太阳一起透过云层中高高的窗户往外张望。即使是冬日里最令人讨厌的帘子，也总随着日出升起。帘子整齐的边缘缓缓上升，展露出闪亮的大地，以及岛上两座教堂那鲜明的轮廓，它们就像火焰中两个欣喜若狂、崇高不朽的殉道者。

　　这是一个有着好天气的地方，而且这是一本关于好天气的书，一本在春天写就的书。我不会记起冬日和雨水。

是春天把萨拉·布朗带到了手套岛，是春天第一次向她展示了魔法。她在独居公寓生活的第一个早晨，是春天将她叫醒。

她起床，是因为外面太美了，一个美丽的日子正在开始。你能看到在闪光的晨雾后，日子正悄悄地为新的一天做准备。她听到一阵喘不上气的歌声，花园里草丛中的窸窣声，以及某个极度快乐的人跳舞的声音。除了魔法，没有什么东西会在早晨七点前就在户外活动。只有魔法的信徒愿意弄湿自己的脚，并且在空着肚子时高兴得难以自持。

萨拉·布朗来到窗边。这一天的新生的烟正颤巍巍地从岛上一座座房子里升起。天空是那样平静，可以整整半天没有任何变化。房子后面是一个好几米长的花园，里面没有种土豆或任何有用的东西，只有长长的青草和一棵山楂树，以及一个跳舞的女巫。女巫伴着起舞的音乐一半是隔壁的驴叫声，另一半则是她自己随性的歌声。你可以想象，她的舞蹈根本不是成年人的舞蹈，而更像是个婴儿找到了一种有趣的新方式来惹怒她的保姆；她唱的歌也像是个孩子唱的歌——因为已经到了早晨，而起床又太早，这个孩子不经意间突然高声唱起了没调的歌。她轻轻地哼唱着，脚步轻轻地旋转着……花园中间的山楂树好像是她的舞伴。一个小斑点沿着斑驳的树干上上下下，这是一只正在看她跳舞的灰松鼠的影子。松鼠和"两个半几尼年轻女士"穿着同样的裘皮，它有时歪着头看着女巫，有时把脸埋在手里，坐下来悄悄笑得发抖。毫无疑问的是，女巫的舞蹈看起来更多是好笑的而不是好看的。她自己大部分时间也都在笑。她穿着一件雨衣——这本身就挺好笑的——但她的脚是光着的。

突然一个声音传来："不错呀，伙计。"

这是萨拉·布朗的邻居从她的窗户探出头来。

松鼠往山楂树高处蹿去了。

整件事的乐趣像蛋壳一样碎掉了。萨拉·布朗转过身，又来到床边。现在起床太早了，回床上继续睡觉又太晚了。她知道她的热水袋尤妮斯这会儿肯定已经凉透了，如果她回到床上，尤妮斯一定会像蛇一样咬她的双脚；而且狗狗大卫这时正睡在床罩中间，萨拉·布朗这个做母亲的不忍心吵醒他。如果你发现自己起得太早，你有很多事可以做。据说有人会坐起来补他们的袜子，不过我现在指的是普通人，不是天使。完全无计可施的人发现他们不得不盯着昨天的信上的一便士邮票看。一便士邮票上有不少引人深思的东西，但没有什么能真正令人振奋。我认识的某些人会利用这清晨的闲暇时刻来擦拭他们的良心，这样就可以为新的一天腾出犯新的罪过的空间。但萨拉·布朗的良心很容易吸收东西，简直就像磁铁，小的罪过像污垢一样在上面积满了厚厚的一层。我想她生活的每一分钟里都有几秒令她后悔，尽管她从没享受过真正的大罪带来的补偿。总之，她的良心就像是浮石[①]，她在开心的时候总是尝试忘掉它。但她也不缺一些小法子来对付无眠时刻。通常，她会在一个练习本里就她不熟悉的问题写下一些语焉不详的评论，但她最终总是弄丢了练习本。有时，她从可爱却难以言说的充满希望的梦中醒来，给自己编一些关于自己的故事，像试衣服一样尝试各式各样的人生和死亡。故事的结局经常过于离奇，不值得一谄。

今天，她看过了穿着雨衣的女巫跳舞，便不知道该做什么了。

门外传来敲门声，一个声音说道："你好呀，伙计，你能借我几个半便士铜板付牛奶钱吗？我钱包里一个子儿都不剩了。"

"我也是，"萨拉·布朗说着开了门，"但我可以当掉——"

①　一种多孔结构的火山石，可以用来给皮肤去角质或清洁浴室。

"啊，那可不行，亲爱的，"同一屋檐下的房客说道，"怎么说这也是家正经的公寓，你可不能穿着睡衣就出去当东西。我再跟送奶工赊一次账吧，不过可能我最好还是不付钱给他。我昨天领到钱了，但我想把它留给埃尔伯特。"

"你是那个叫皮奥妮的房客吗？"

"没错，亲爱的。"

皮奥妮已经不在她的第一春了，事实上她已经安然地步入了第二春。她的嗓音太好听了，简直让人害羞，但她的用词完全朝着另一个方向发展，让人安下心来。她有着纯净的灰色眼睛，深色的头发从中间分开垂下来，使她原本的方脸看起来更像是三角形。她的牙齿把她的相貌毁了：牙齿稀疏得就像时事讽刺剧的第一幕或莎士比亚剧的最后一幕上演时剧场正厅的头排座位。从整体来说，她看上去就像故事中的丑小鸭，内心安静地藏着一个天鹅梦。她即使在安静的时候也显示出惊人的活力，过着一种好像随时有一辆出租车等在她门口的生活。

"谁是埃尔伯特？"萨拉·布朗问道，但她立刻就后悔了，因为即使没看到皮奥妮羞红的脸，她也应该猜到的。

"等我一下，小伙伴，等我打发走送奶工。到楼梯上坐下吧，我来给你讲一个故事。我总是讲不够这个故事。"

　　扫帚哈罗德正漫不经心地扫着楼梯。他刚开始意识到别人在看他时，干得更卖力了一些；不过当发现这两个人只打算停留在楼梯顶端时，他便以此为借口偷懒溜掉了，在底部的台阶上留下几小堆没清理干净的灰尘。

　　"我大概是在二十八岁那年第一次遇到埃尔伯特的。"皮奥妮说，这时穿着颜色艳丽的晨袍的萨拉·布朗已经挨着她在台阶上坐下了，"埃尔伯特是个完美的孩子，而我呢，我简直不值得一提。我那时候总说，我的人生不过是一团烂泥。如果你相信我的话，伙计，可以这么说，我的整个人生都是在烂泥里，但我的眼睛却始终盯着月亮。我整天在工厂里工作，为烂泥一样的犹太人生产烂泥一样的东西，每周六领十二先令的烂泥薪水，好让我在一个烂泥城市里撑到下一个周六。但是到了晚上，有月亮，或者星星，或者日落，总有一块天空让我盯着看。我住在楼顶的一间里屋，到了晚上我经常坐在那里呼吸，抬头看着天。相信我，亲爱的，我那时候为呼吸而疯狂，可以说这是我仅有的娱乐。我的老天，这样的天空和空气能存在于烂泥的上空，而我们一直看着它们，呼吸着它们，却不需要付任何租金，这怎么说都是个奇迹。你想想，我们从来不需要为月光付一个子儿，月光却一直在亮着。那些日子我从来不跟人说话，我讨厌每个人，我变得非常非常奇怪，可以说比现在关在克莱伯里精神病院里的很多人都奇怪。我开始觉得，我们每个人都背着债，天空不知怎的就像我们所有人的房顶，星星和月亮就像我们的窗户，好像我们确实应该付点租金，但房东是个真正的绅士，从来不会催我们付钱。也许有人生活在阳光下的花丛中，他们可以说是会客厅层的租客，但我不是这种人；我住在楼顶层，呼吸着月光。至于花——祝你好运，直到一年前，我都没见过一朵从地里长出来的花。亲爱的，我经常设想，我们每个人都会有属于自己的一次机会来偿还我们的债。我想有人会逃避还债，有人会用不好的钱还债，但是我跟自己说，如果哪天我的机会来了，我要尽最大的能力还上我的债。老天，当年我是多么讨厌所有人！我觉得似乎所有人都烂透了，而所有的教堂和慈善机构是一切中最糟糕的。就在这时，亲爱的，埃尔伯特出现了。你知道布朗区的孩子们大多是什么样的，但埃尔伯特——他从来不会那样。他的两腿直直的，从不生冻疮，身上也从来没有伤口，小脸抬起朝你看，有着一头黄色的头发——当然，只是你能看到的部分，因为我一直让他把头发剪得清清爽爽的。你从来没见过这么干净的男孩，好像你什么时候看到他，他都刚把领子擦干净；他的短裤臀部的补丁总有着最合适的颜色；

等等，等等。但他也不是唱诗班男孩那种乖乖仔，他跟他们中最好的孩子也能胡闹起来，下雨的周日我们一起演着戏玩时他常常吵闹个不停。他有个最喜欢玩的小游戏——不是打弹珠，也不是抽陀螺——但是我不会告诉你那是什么，不然你会像店里那姑娘一样发笑的。我不怎么跟人说话，但那次我喝了点白兰地，她笑得都要爆炸了——她自己也喝了点白兰地——她问我埃尔伯特是不是还是瞎的，还问我他除了翅膀还有没有穿别的衣服……奇怪的是，埃尔伯特的视力确实不太好。我总是觉得怪怪的，他的视力那么不好，他却偏偏爱玩这个小游戏。我那时候夏天喜欢带他去汉普斯特德荒野公园，他会站在西班牙人路下面的小丘上，闭着眼朝向太阳，根本不在乎有没有瞄准什么。我现在都记得他那个样子，他拉着他的弓弦——那声调很高，像是什么音乐的开头——然后像只兔子一样奔出去看他的箭落到哪儿了。我总是觉得，他没把什么人的眼睛搞瞎真是个奇迹，但我不在乎——我那时候讨厌所有人。他并不跟我一起住，他只是来了又走。他也没有告诉我他叫埃尔伯特，是我喜欢这么叫他，这是我知道的最美的名字。他也从没告诉过我他的家人是谁，但我猜他们不会是布朗区的人，因为埃尔伯特好像去过很多地方，见过大山大海之类的，也见过很多外国人——甚至是德国人。他经常谈论起别人——跟小说家讲故事一样，但他的故事要有趣得多。布朗区的孩子懂得很多。他是怎么用他快要瞎的眼睛观察到这些事的，我就不得而知了。我渐渐变得很依赖他。我觉得我那时候都快被对他的喜爱灌醉了。你尽可以叫我傻瓜，亲爱的，但我过了三四年才发现埃尔伯特的古怪之处。那是在战争好像打不到头的时候，你看到任何一个男孩，都禁不住在心里暗暗计算还有多久他就要应征入伍了。就是在那时，我算着埃尔伯特差不多要长到十四岁了，但我发现自我认识他以来，他一点都没有长高，也一点都没变，他还是笑着跑来跑去，面朝着太阳玩他的小游戏。这时，我记起来，有多少次他告诉我的一些事似乎都太久远了，不像是他这样的人会知道的。那是一些关于历史人物的故事——比如他曾经讲过的纳尔逊将军[1] 或伊丽莎白女王的逸事——他说女王曾经让他发笑——还有个叫希莱还是沙莱[2] 的家伙，最后淹死了。我突然一下惊呆了，因为我发现他好像是个不老的男孩，或者他甚至就是魔鬼本人，而我已在不知不觉中出卖了自己的灵魂。我从

----

[1]　赫雷肖·纳尔逊将军（Horatio Nelson, 1758—1805）在 1805 年的特拉法尔加海战中领导英国海军击败了法国和西班牙联军，巩固了英国的海上霸主地位，但自己在此次战役中阵亡，被视为英国的国民英雄。

[2]　皮奥妮误把诗人雪莱（Shelley）的名字念成希莱（Shilly）或沙莱（Shally）。

来没怎么考虑过我的灵魂，但我一直把我的债放在心里，我想，要还债就要还得干干净净。因为春日伦敦天空中的雾、月光，以及暴风雨前的天色——所有这些东西好像都有同一个源头，而我不愿意只把它们当作慈善……

"但不管怎样，我脑子里有了这种关于埃尔伯特的想法，那天我一整晚都没合眼，也没法享受星光。第二天早上他跟往常一样来了，脸上挂着漂亮的盲目的笑容。于是我对他说：'埃尔伯特，你不是个残忍的男孩，对吧？你不会做任何伤害我的事，对吧？'看着他的脸，我不能相信他会做这种事。'伤害你？'他很开心地说，'我为什么不会伤害你呢？我蛮愿意把你送给魔鬼的。'他这么说。好吧，亲爱的，我得承认，听到这话我就傻了。我逃跑了——竟然逃离了我的埃尔伯特——啊，天哪！我把我那些破家具留给了一个邻居，又找了个地方落脚，然后做了女仆。埃尔伯特回家的时候，我找了一个晚上溜了出来。我在基尔伯恩区一带找了个差事，是在一对老夫妻家，他们之前是做典当生意的。丈夫脑子有点坏掉了，一直说同一件事，就像蜜蜂一样嗡嗡嗡。妻子从不说话，也什么都不干，把所有的活都留给我干。她总是在看她的明信片册子，一遍又一遍地重新排列她的卡片——除了一整本海边漫画明信片，她另外还有几千张。那确实是一套漂亮的收藏品。有一天晚上我正在厨房里弄晚饭，这时我听到了一阵笑声——是埃尔伯特的笑，就像三声铃响——然后就看到埃尔伯特正从窗外往里看。我朝他跑了过去，却发现没人在那儿。等我回来的时候，炖肚子已经烧煳了，于是我把它留在灶上，当即就逃跑了。他们还欠我工钱，但我说什么也不能留下。我吓坏了。后来，我又在伊斯灵顿区找了个活，是伺候三个老姐妹。她们开了家精品店，一辈子每分钟都在跟彼此作对。我在那儿待了没两天，埃尔伯特就走了进来，跟往常一样笑嘻嘻的。就在那时，我意识到跑是没用的，不管怎样，他是跟定我了。我让他在厨房里坐下，给了他一点糖面包。这时其中一个心地不善的老姐妹走了进来。'这是谁？'她说。'这是我的一个年轻朋友。'我说。'你在撒谎。'她说。'我一开始就看出来了，你根本不是个正经人家的姑娘，'她说，'现在我的姐妹们总该相信我了。'于是我不得不走了，但我一点也不后悔。好像世界上什么都不重要，除了埃尔伯特，为了他就算下地狱也是值得的。'噢，埃尔伯特，'我说，'我愿意为你去见魔鬼，而且一路笑着去。'埃尔伯特笑了又笑。'来吧，'他说，'今天是个假日。'尽管那天并不是假日，那是个八月的礼拜二。'来吧，'他说，'戴上你最好的帽子。'然后他给了我一朵黄玫瑰，让我插在纽扣眼里。那是一年前的八月。我跟着埃尔伯特沿着城市大道一路快走，走到安吉尔①附近我们坐上了一辆出租车。'告诉他到尤斯顿火车站。'埃尔伯特说，于是我就照做了。你知道从安吉尔附近那个小坡上看火车站的巨大屋顶是什么样的吗——宝贝，告诉你，我看到它的时候觉得这是我第一次见到一座真正的山。蒸腾起的热气再加上某种粉色的光，使那里看起来真像高地风光。我把我身上一半多的钱都付给出租车司机，然后我们就走去售票口。'埃尔伯特，'我说，'我们要买去哪的票呢？'我就这么说了，但我钱包里几乎一个子儿都没有。'买张站台票。'他说，我就照做了。但他不用票就跑到了站台上，开始像疯子一样在人群中跳舞，但好像没人注意到他。我找了个座位坐下看着他。我想，我的天哪——'现在我难不成是在那座闪光的山下，所有这些人，'我对自己说，'难道他们就是人们说的那种住在山里的只在月光下现身的小精灵？'我想起了我欠的月光债，于是我想——'我现在在烂泥里受够了，我现在要活过来了，'我说，'现在就是我还债的机会了。'这时，埃尔伯特走过来，还拽来了一个士兵。'这是个魔法师，'埃

----

① 安吉尔是坐落于伦敦伊斯灵顿区伊斯灵顿大街与彭登维尔路交叉口的一系列历史建筑，曾被用作旅馆、酒吧、饭店等。

尔伯特说，'他从天空下的生活回来了。你难道没有感觉到魔法吗？'

"好吧，亲爱的，不管你信不信，我就这么遇到了我的'谢丽'。他真的是个懂魔法的人，因为他看了我的票，却毫不惊讶。他有十天的假，这十天我们住在野外一个乡村旅馆里，离海边只有一英里。乡野紧挨着大海。……啊，天哪！……大海就像是我的夜晚的天空，只是离我更近了些——好像近得足以看得更清。在乡野和大海之间是沙滩——就像是两个国家之间一条安宁的边界道路，朝着远方延伸出去，直到你什么也看不见，除了一座白色的小城，好像是在雾里高高升起的，看起来更像是颗星星……啊，天哪！……

"不管怎样，亲爱的，这就是我的机会，我就是这么知道我的债是要怎么偿还的。我的'谢丽'，他全都懂。他真的是个魔法师，真的。至少，他大体上是魔法师，而有一部分完全是个笨蛋——跟别的男人一样。我也受不了一个全身上下都是魔法的家伙。啊，他真是个笨蛋……所有那些他本来可以自己做的事，像擦拭他的装备啦，找到干净袜子啦，他总是让我去做。我喜欢为他做这些。但所有那些他根本不会做的事，比如说给我画一幅肖像，或是给我做一件上衣，他总是尝试去做。"

她说起她的"谢丽",就好像一个博物学者谈论起一种新发现的动物,一点点一件件地发现它的可爱有趣之处。

"我叫他'谢丽',因为他就是这么叫我的①。他说这是个法语词,意思跟'亲爱的'一样。'谢丽'是个十足的绅士。我有次问他,为什么找了个我这样的女人,而不是真正的年轻淑女。他说,他从来没见过像我这样的人,一直从外部看着自己,却仍然很诚实。我懂他的意思,因为我一直像是有两个灵魂,而不是一个,我有时候会像看一出戏一样看着自己。不然,我也不会告诉你我的故事了。嗯,亲爱的,埃尔伯特一直来来去去,总是叫着、笑着,玩着他的游戏。那十天他都跟我们待在一起,然后又跟我一起到维多利亚火车站送我的'谢丽'去法国。我每周领的是'谢丽'的配额。但我不会动它的,我把它给埃尔伯特存起来了。我不想欠任何人任何东西,因为我有这么多债要还。等埃尔伯特再来找我时,他将成为我对世界的报偿,而且用的必须是血汗钱。埃尔伯特在'谢丽'离开后也走了。他说他要回家,还说春天他就会回来,永远跟我

----

① 皮奥妮把法语"chérie"("亲爱的","chéri"一词的阴性形式)按英语发音说成了"Sherrie",音译为"谢丽"。

在一起。那不算是分别，他说，我们俩是永远分不开的。现在，我知道他说的是什么意思了……"

"那'谢丽'怎么样了？"萨拉·布朗问。

"'谢丽'呀，他从来不给我写信。但他也保证会在春天回来。他一定会回来的，因为没有哪个德国佬的子弹能伤得了一个魔法师。"

"现在就是春天了。"萨拉·布朗说。

"现在就是春天了。"皮奥妮重复道，"啊，这太棒了，看起来好像我得到的太多了，无论如何我都还不清债。但我在算着呢，我没有忘。我快要可以还债了，在五月中旬的时候……"

第四章　禁忌三明治

　　萨拉·布朗那没人羡慕的闲暇时间都花在做委员会的奴隶上了，与此同时，她还有个兼职工作，在她身体够好能做下去时，一周她能挣二十先令。她习惯了每天早上坐在一间小办公室里，从慈善行业的密探那里搜集关于"不老实的穷人"的信息，然后把它们转换成一套神秘的代码，再用漂亮的字体写在小卡片上，这样，下一个密探就可以获取前辈搜集到的所有信息。萨拉·布朗从没想过这项工作背后的机制，因为不同颜色的墨水和漂亮的字体已经让她很满意了。

　　有这么一些人，对他们来说，一沓未书写过的白纸不亚于一个灵感，把一支未用过的铅笔削尖是世界上最美妙的劳动，为绿色或红色的钢笔配上合适的墨水简直具有神性，而字母表在他们的眼里、耳中就像是一首诗或一首祷告词。提及文具，你就触碰到了萨拉·布朗心中为之疯狂的隐秘角落。她梦想中完美的老年生活展现在一条安静的棕色街道上一家文具店里：在她的暮年时光，她轻抚厚厚的吸墨纸，或是用新的钢笔尖画出全部往一个方向看的小狗，或是压低嗓音给行家级别的顾客提供一些建议——这些顾客来买日记本或藏书票或自来水笔时怀有的敬意堪比那些收集陈年葡萄酒的人。

就是这样，萨拉·布朗的双手在慈善登记员这个职位上找到了最理想的工作。至于她的心眼，在工作时间都会合上。她的狗大卫也很喜欢这份工作，因为办公室壁炉前的地毯很舒服。慈善虽然长期以来在其他方面都很吝啬，但在生火保暖方面却力求完美。

在她换过住处后的第一个周一，萨拉·布朗发现自己再也无法从彩色墨水中发现任何荣耀了，就连一沓全新的还未经这个世界污染的索引卡片，也无法激发她的热情。部分原因在于，她从索引卡上查找的第一个名字是特尔玛·贝内特·沃特金斯——未婚单身，机械师。对熟知暗语的人来说，卡上的密文显示，沃特金斯曾拜访战争协会，寻求帮助和建议，详情见完整报告。萨拉·布朗觉得伤心又笨拙，她在沃特金斯的卡片上弄上了绿色墨水点，在另一个名叫汤克的人的卡片上又弄上了普通的斯蒂芬斯牌蓝黑墨水点。卡片显示，这名汤克是个单身的巧克力盒子制造工，某个固执的慈善团体一定要每天给她半品脱牛奶，完全不顾上个月她刚从教区里得到了价值一先令的食品杂货这个事实。

那天上午办公室的空气里都充斥着"汤克"这个名字。勤劳的萨拉·布朗刚把卡片上的墨水点用几笔巧妙地涂成一匹单峰驼的剪影，一位代表上述固执的慈善团体的女士就走了进来，嘴上说着汤克的名字。

"汤克，"她说，"曾经住在泥巴街。她换了住址。我是'快乐之心'协会的。她仍然每天来领她的半品脱牛奶，而我昨天才从一个邻居那里得知她三周前就离开泥巴街了。这些穷人这样向我们隐瞒关键事实，真是可耻。你有她的新住址吗？"

"我们有的汤克的最新住址是泥巴街12号。"萨拉·布朗冷冷地说，"但我们已经告知过你们三次了，这个女人没资格从'快乐之心'领牛奶，因为她已经在领教区补助了，同时她还有配额。"

"汤克是个——'嗯——嗯'。""快乐之心"女士压低了嗓音委婉地说，以免狗狗大卫听到后羞红了男性的耳朵，"在'婴儿周'①之后，我们感到有必要尽可能地帮助所有'嗯——嗯'的女人，而不管别的考量——"

"但你们真的不该这么做。汤克假装自己是个单身的巧克力盒制造工。"萨拉·布朗立马对卷进这件事的所有人都感到生气，包括这个显然伪装了身份的汤克。

"她有个士兵正在前线。""快乐之心"女士说，"我很遗憾地说，即使他安全回来了，她也不会答应嫁给他。但是尽管如此——"

萨拉·布朗在汤克小姐的卡片上用紫色墨水写下代表"嗯——嗯"的密文。"我会打听一下她的住址的。"她说。

但汤克的故事到这里还没完。很快，赈济官通红的脸伸到了索引卡的上方。

"关于普拉米特的案子——"他大声地说。

"关于汤克的案子——"萨拉·布朗打断了他，以她现在的心情来说，普拉米特简直是压倒她的最后一根稻草。她毫无道理地讨厌赈济官，因为赈济官知道她耳聋，所以总是好心地提高嗓门跟她说话，声音大到索引中的案卷有

----

① "婴儿周"（Baby Week）是"一战"期间在英国发起的旨在提高母亲和婴儿福利的社会运动。

时都被吹走。"我们都告诉你三次了，汤克每天从'快乐之心'领半品脱牛奶，同时还在领一个士兵的配额。"

"我们已经把她的食品杂货供应停掉了，"赈济官咆哮道，"但是关于普拉米特的案子——"

"关于汤克的案子——"萨拉·布朗固执地继续说道，"她已经从泥巴街搬走了，你能告诉我她最新的住址吗？"

"她住在某个私人性质的慈善机构里，在这个区的边缘——是手套岛，我记得。我不知道确切的地址，因为她现在不用付房租，我们就停掉了对她的物资供应。关于普拉米特的案子，我想你可能有兴趣知道，今天早上她得了一个月的牢饭，因为她袭击了卫生检查官——拽了他的鼻子，我听说。她跟地方法官说，她觉得这个鼻子如果发现不了她的下水道有什么问题，那一定是个毫无用处的鼻子。她的孩子们今天早上已经住进救济院了。"

"汤克的名字是什么？"萨拉·布朗问道。自提到手套岛，她的态度就全变了。

"我忘了，是什么花的名字吧，我想。大概是莉莉或艾薇① 吧。关于麦克拉宾的案子，据说这个女人从她和她

---

① "莉莉"和"艾薇"的原文"Lily"和"Ivy"的本义分别是"百合花"和"常春藤"。

三个孩子睡的房间里地板上的一个洞掉了下去。她昨晚被收进医院了，她的家具会被卖掉以清偿她的房租——"

"名字是以字母'P'开头的，"萨拉·布朗说，"P. 汤克，未婚妻子，住在手套岛……"

赈济官离开了，因为已经到了用餐时间。萨拉·布朗心不在焉地打开了一小份午餐的包装，这是她用勒手的细绳挂在指头上带来的：只有一点火腿味的芥末酱三明治，以及一个绝对正宗的 1918 年款面包，配料里有干草。萨拉·布朗几乎总是忘了食物的事，直到她已经坐上了巴士去上班。但是今天早上，当她和大卫一起坐上摇摇晃晃的渡船时，她听到背后传来了气喘吁吁的声音，然后扫帚哈罗德把一小袋三明治扫进了她的怀里。还没等她在脑子里想清楚扫帚会不会期待人们给他小费，哈罗德就消失了。

现在，我不敢肯定地说女巫在制作这袋三明治时有没有加入一小袋她自己的魔法。萨拉·布朗对这种药物应该很敏感，她的头脑总是在无害的醉意边缘徘徊。也许她只是半个女人，所以一半的幸福就能让她的心旋转和歌唱，一半的悲伤就能让她心碎。她对各种印象毫无抵抗力，太多的印象使她疲惫。因此，我认为她命中注定是魔法的受害者，女巫不大可能错过这样一个施展咒语的好机会。

萨拉·布朗刚咬了第一口三明治，就意识到一个笑话的存在。这种感觉本身已经接近神志不清了，因为没有两件事能像笑话和慈善团体这样相去甚远。萨拉·布朗面对着办公桌，奇怪地意识到，她竟从来没把它看成一个笑柄。她奇怪自己怎么能每天对着面前这堆结实又严肃的索引卡片，却还能忍住不去挠它的痒痒让它出丑。办公室的钟，在所有钟当中，是唯一不曾搞过恶作剧的。它下面不快乐的壁炉，心怀使命，被塞满了煤和责任。

十分钟后，萨拉·布朗的第二口三明治让她对一间没有笑的屋子感到厌倦和怀疑。她的眼睛转到了可悲的房间之外，想寻找那个隐藏的笑话。对面学校操场上有一棵染上了春天颜色的树，上方是蓝色和银色交织的粗犷的天空，与办公室里秉持的所有教条都格格不入。风中带着一丝古老而原始的单纯和欢愉，它们总是飘荡在海面上，只在极少几个春日才会远涉到内陆。高高的白色的云像大帆船一样滑过天空，就像从纯真似伊甸园的海的过往中走出的古老故事，那时的海还没有见过蒸汽和暗杀。萨拉·布朗想起了古老的船名……"舒适堡号"……"日中云号"……

"我在做坏事。"萨拉·布朗说。她咬下了第三口三明治。

这时她在屋子里感受到了"不老实的穷人"的精神；像是来自被登记者的笑声传到了登记员的耳中。"不老实的穷人"是不允许闯进为了他们的福利而设立的办公室的。慈善之道就在于怀疑，但是这种怀疑当然只能是单方面的。我们必须在不听嫌疑人自辩的情况下审判他；如果我们让他为他自己的案子做证人，那我们就犯了感情用事的错。可以这么说，每个慈善团体都有两张错误清单，短的一张是登记员和员工可能犯的错，长得多的一张是被登记者可能犯的错。在登记员和员工的错误清单上，为首的一项就是"感情用事"。对某个案主怀有一种个人的喜爱之情是感情用事；不加仔细询问就给"不老实的穷人"的孩子一便士是感情用事；对一个在人行道上吃土的脏兮兮且神情忧郁的婴儿说一声"啊咕"是感情用事；认为案主有时有权利提问而不只是回答问题是感情用事；不赞同秘密侦探和散布谣言的行为，或相信任何一个没有可靠收入的人说的任何一句话，或引用《新约》的任何部分，或无论如何都分不清做慈善和爱的区别——所有这些都是感情用事。顺便提一下，基督本人——不幸的是他没有参加过任何有名望的慈善团体——指示寻求救赎的人甘于贫穷并卑微地看待自己。但这正是感情用事，而慈善团体的信条是，只有生活富足并尊重自己的人才有资格获得发言权。

"我感情用事了。"萨拉·布朗用变了调的声音对她的狗大卫说。她又转向了她那施了魔法的三明治。

空中的笑声变大了。在笑声中，她听到了街对面染上了春天颜色的树上麻雀们粗哑又欢快的叫声。麻雀就是典型的"不老实的穷人"、四处化缘的托钵修士、空中的吉卜赛人，它们索要施舍物，就好像这是它们的权利，或是友谊的见证。嘴里塞满你喂的面包屑之后，它们会跟你分享它们单纯又粗野的风趣，但它们从不会给你回一张借条，或是给你任何可以录入卷宗的信息。当它们从你这儿得到了所有你能给的时，它们便眨眨眼，笑几声，从脚上抖落你窗台的尘土。

萨拉·布朗打开了办公室的窗户，室内的空气中便立刻充满了跳动的活力以及孩子们和鸟儿们的声音。她觉得这些大概是魔法的声音，因为她听得很清楚。她把第二个三明治掰碎撒在窗台上，于是麻雀过了街，在窗台下方地下室入口的栏杆上站成一排，叽叽喳喳说个不停，想让她明白这时她退下去才是得体的做法。

麻雀全身上下的衣服显然都像是从慈善义卖会上买到的成衣，而且它似乎总喜欢挑比自己的身形大一点的衣服。麻雀没有理由显得不优雅。比如说，它比红腹灰雀更苗条，但人家总是穿着剪裁合身的衣服。正是麻雀的傲慢、十足的伦敦派头，正是那种放肆的社会主义精神，使"不老实的穷人"难以改造。

萨拉·布朗后退了一步。"我不会再往后退了，要么你们让我在旁边看着你们吃三明治，要么你们就别吃。"

麻雀们耳语了一番，互相怂恿道："你先去。"它们显然知道，这是慈善机构的窗台，所以它们怕萨拉·布朗斥责它们吃的时候没有把嘴闭紧，或是没把面包屑存入储蓄银行。但是一分钟之后，有一只麻雀润了润嘴，走上前来……它吃了起来，于是它们都吃了起来，当办公室的门被打开，女巫走了进来时，它们也没有要逃跑的样子。女巫径直走向窗户，从低头吃食的麻雀之间捡起一点碎了的三明治吃了起来。狗狗大卫把地板上的三明治碎屑一扫而光，以免留下他母亲萨拉·布朗感情用事的罪证。于是，几乎是一瞬间，那个三明治就成了回忆，只在大概二十只鸟的喙和两张嘴里留下些若有若无的味道。但窗子还开着，空气还舞动着，船一样的云朵的白色倒影还停留在铺着油布的地板上。

与此同时，萨拉·布朗完全无视女巫，回到她的索引卡片前，从抽屉里拿出一张报告单。在"案件名称"处，她用无可挑剔的印刷体写道：

"慈善①，引以为戒的案件，布朗区，潘街12号。对于以上案件，我必须报告，结果并不令人满意。严重怀疑以上名字只是化名，地址很可能也是假的，因为真正的慈善的起源地应该是家里，而不是办公室。登记员目前无法确切地给这个案子定性。它似乎是正在世间肆虐的积习之一，靠着伪装和假名争名逐利……"

"我很困惑，"女巫看着窗外说，"为什么我们从没见过两只鸟撞到一起呢？我跟你赌两便士，如果天空中的女巫像鸟一样多，那肯定一天到晚都是交通事故。你觉得它们是不是有某种交通规则，还是它们能通过喙来打信号——"

"女巫，"萨拉·布朗说，"我必须说一件事。"

"哦，是吗？"女巫回答，话被人打断令她有点扫兴，"啊，我能理解你，我知道那是什么滋味。请继续，说吧。"

狗狗大卫一直以来都是萨拉·布朗体贴的好儿子，他这会儿也走过来，把下巴靠在她的膝盖上，用略显夸张的感兴趣的眼神看着她。

---

① 原文为字母全是大写的"CHARITY"，表明这是案主的名字。

"跟世间的积习作斗争，"萨拉·布朗说道，"究竟是不是徒劳？毕竟有那么多积习。是谁放那些奇怪又愚蠢的骗子出来游荡？把狂喜忘了的宗教……把正义忘了的法律……把爱忘了的慈善……魔法被架上火刑柱，总应该是为了比这些更为明智的理想吧？"

"那是当然了。"女巫不耐烦地说，"一般来说，魔法遭受迫害都是因为它太明智了。我以为这是尽人皆知的道理。"

"所有的积习。所有的积习。"萨拉·布朗反复说着，"这到底算什么慈善，这种陌生人之间叮当作响的金钱往来？到底是从什么时候开始，慈善不再是朋友间令人安慰的隐秘的交往？难道爱的声音只能在委员会上听到吗？难道爱必须通过社工将她的信息传给邻人吗？"

"我觉得不是这样。"女巫叹息道，"萨拉·布朗，你一直在说这些尽人皆知的事，你打算让我沉默到什么时候？"

但萨拉·布朗继续说着："真正的爱认得她邻人的脸，她跟他一起笑，一起哭，一起吃喝，所以当他遭遇苦难时，她会跟他分享她所有的一切，而不仅仅是她可以施舍的东西。"

狗狗大卫嘟囔了几句，以示他半信半疑的喝彩。萨拉·布朗听到她自己的声音响亮清楚地印在她的脑中，感到有点羞愧，但很快她又轻声补充道："听着，我是个密探。我只爱那些获得特别推荐的邻人。我在这儿的工作是给名为'暴行'的乌云镶上一条肮脏的银边。我为那些浮华的舒适阶层的利益服务。我的主人们坐在公共道路上，通过刁难和侮辱向每个过往的旅人收取过路费。因为舒适的生活应该是每个人都能继承的遗产，好的日子应该每个人都能享有——不是施舍的，也不小气巴巴地取决于一个人的道德观，而是每个人应有的权利。臃肿的慈善家是个借债的，但却表现得像个放债的；他通过分发金钱来施加责任，但他本不拥有他分发的金钱。他让他的兄弟跪在地上乞讨生命、健康和宝贵的机会，但这些本就是他的兄弟与生俱来的权利。"

"你被附身了，亲爱的萨拉·布朗，"女巫说，"别怕，这很快就会过去的。我认识一个女孩，她也有过很类似的症状。她发作的时候作了一首很漂亮的赞美诗，几乎跟大卫作的一样漂亮。她母亲很担心她。但她很快就好了，只是她辞掉了在一个劝人向善的机构里做打字员的工作，去海上做了轮船服务员。"

萨拉·布朗继续说着，越说声音越大。"我在这个陌生人的房子、这个贪婪的慈善机构里做仆人已经太久了，我为那些生来幸运的人做愚蠢的代理人已经太久了——每天坐在这个空间狭小、椅背硬邦邦的审判座位上，从早上十点到下午三点。窗外就是爱和四月天，外面有那么多风和笑声，不容积习形成。我只通过一个慈善会办公室的窗子看到过外面的爱和春天；儿童和麻雀以及其他的机会继承人的粗狂声音，被这灰灰的窗子阻隔，到我这儿已经浑浊不清了。那些白色的帆船——'舒适堡号'——'日中云号'——它们已经从广阔的天空归来靠岸，却没有一丁点货物是给我的……"

"我的老天！"萨拉·布朗说，同时把大卫从她身上推开，"我这是怎么了？我犯了感情用事的错误。"

在她狂野的想象中，这间屋子里似乎站满了牧师和社工的精灵，他们挥着燃烧的宝剑，指向门口。

"好了，这份工作到此结束。"女巫说，"听着，我们去汉普斯特德公园坐秋千。那里空气好，还能看到哈罗山上圣玛丽教堂的尖顶，会让你好受一点。"

"我完了，我就是个引以为戒的案子。"萨拉·布朗叫道。她畏畏缩缩地跟在女巫身后，走出她充满了彩色墨水和平整白纸的伊甸园的大门。她跟大卫分享了剩下的"智慧三明治"；她在桌上留下了她微小的书面抗议。大卫，除了几乎经不住诱惑，他在这件事里完美地扮演了亚当的角色。对他来说，伊甸园是个柔软温暖的地方，他急于把安逸的丧失归咎于某个人——那个被选中的女人。他跟着她走进了外面世界的寒冷中，而且正如你将要听到的那样，他就要像亚当一样，成为大地的开垦者。

第五章　从下面看的一场空袭

　　魔法是个容易惹麻烦的旅行伴侣。它虽然并不怎么引人注目，但似乎能够给周围的民众带来不同程度的神秘的影响。我曾遇到过一些地铁乘客，他们讲述了自己在车上的奇特见闻，比如，一节车厢的列车员突然爱上了下一节车厢的列车员，他们向对方跑去，在车厢的中间会合。围观的人都不愿意打扰这美妙的一刻，于是没人去开门或摇铃，不知所措的列车不得不在莫宁顿新月站停了个把小时。显然，一定是有一个魔法人士导致了这一幕的发生。还有发了疯的巴士的故事。当时它正要离开它在达尔斯顿的洞穴，却不知怎的觉得善良的公众是它的敌人。你真应该看看利物浦大街和英格兰银行的震惊模样，当时巴士正从它们身边狂冲过去。老太太们正打算问它能不能到克拉珀姆——它的标牌上写着它到巴恩斯——却被它吓得目瞪口呆，嘴边的问题都没来得及说出来。警察们伸出手想让它停下，它把他们通通撞倒。正当敏捷的商人自以为抓住它时，它甚至知道通过巧妙的一滑来避开他。你大概不会相信我，但这辆巴士绕着特拉法尔加广场转了七圈，直到广场上的铜狮子因为眩晕都卷起了尾巴，站在石柱上的纳尔逊将军雕像原地打了个趔趄。[①] 我不知道那天这辆巴士去了哪里，但肯定不是巴恩斯。那天晚上，它冲进了图廷的另一个巴士洞穴，车身上下起伏着，轮胎严重磨损，车窗上满是汗，额头上一大块瘀青，那是飞弹碰巧撞到的地方。我猜最后得有人让这个可怜的家伙从痛苦中解脱出来。这一切的起因究竟是什么呢？原来是个名叫天真的巫师，他来自斯托克纽因顿，前一天晚上从伦敦城回来时在这辆巴士的上层睡着了，一直忘了下车。

　　萨拉·布朗到阿拉贝尔夫人家参加晚宴的那天，还不知道跟一个女巫一起乘坐公共交通工具的危险。但她幸运地没遇上什么麻烦，因为她们乘坐的每一辆巴士上都没发生怪事，只是在她们穿越运河时，一群海鸥盘旋着飞进了巴士，在每个乘客的肩头停了一会儿又飞走了，然后是在

----

① 特拉法尔加广场中间有纪念纳尔逊将军的石柱，石柱周围环绕着四头铜狮子，是广场上的标志性构筑物。

贝克街上那一段路乘客们一起合唱，一直唱到塞尔福里奇百货公司。原来巴士售票员有着不错的男高音嗓子。

女巫和萨拉·布朗在晚宴开始前五分钟敲响了希金斯家的大门。开门的是阿拉贝尔夫人本人。

"亲爱的，这太糟糕了，我们所有的仆人都不干了。真是奇怪，他们总是受不了理查德和他的行事方式。"

老于世故的萨拉·布朗轻轻蹭了蹭女巫。"我们还是不要留下了。"她悄声说。

"我们当然要留下。"女巫大声回答道，"我太饿了，这里肯定有晚饭吃。"

"这里当然有，"阿拉贝尔夫人接话道，"是我自己做的。你们知道吗，我以前从没见过烹饪书，身上各个部位都标了名称的动物图片真是把我吓坏了。我觉得我现在都能和小公牛来一场有滋味的亲密对话了。"

希金斯家的宅子有一个巨大的大厅，里面数量众多的高高的窗子给人一种教堂墙上的斜视窗的感觉。我敢说两艘小型的齐柏林飞艇①都能在这个房顶下跳一支小步舞了。

----

① 二十世纪早期的民用和军用硬式飞艇，由德国飞艇制造家齐柏林（Ferdinand von Zeppelin，1838—1917）首创并以其名字命名，在二十世纪三十年代后逐渐被喷气式飞机取代。

萨拉·布朗和女巫不小心地立刻换上了一副瞻仰大教堂的神情，她们把下巴支在雨伞把上，虔敬地抬头张望。

"这么大的房子却没有一个仆人，真是太糟糕了。"阿拉贝尔夫人说，"四等男仆是最后一个走的。他说就是参军也比待在这里强。他说他喜欢鬼魂，但必须是二手的，不能是亲身经历的。真是好笑，人们怎么这么把亲爱的理查德当回事呢。我很高兴我们的管弦乐队留下来了。到理查德的书房来吧，我正要去帮第一小提琴手盛汤。"

萨拉·布朗和女巫被留在了一个面朝大厅的小房间。这里装饰得像一间公寓的会客厅。壁炉台上放着一个伪装成埃迪斯通灯塔 ① 的温度计，它的两边各放着一只粉色的瓷靴子，上面系着真的鞋带，一只猪从靴筒中探出头来。墙上挂着些画，大部分画的都是处于热恋中的年轻女性，周围环绕着乡村风物。我发现维多利亚时期的画家独占的题材是女孩的初恋，而男孩的初恋则是小说家的专长，但我无法解释这个现象。

随着一声轻轻的雷响，理查德进了屋。即使没有雷声，他也显而易见是个男巫，而且他远不像女巫那样施了

---

① 位于普利茅斯西南十四英里的礁石群中，始建于十七世纪末，后历经多次重建。

魔法后还能显得清白无辜。他发色很浅，脸色也很浅，睁大眼时眉毛都会动起来。

"你瞧不起我的装饰品。"他对萨拉·布朗说，"我可很喜欢它们。我不喜欢所谓的聪明的艺术。你知道吗，它让我打喷嚏。"

他一说话，人们就能发现他在做魔法通常做的那种事：努力使自己显得真实。巫师们过的是一种艰难的生活，因为他们的脑子里没有祖先提示他们在细节处要做什么。你要是看到某人表现得特别成熟，就可以怀疑他是有魔法的了。比如，在晚上八点之后，你总是能辨别出巫师，因为他们努力装得好像他们对熬夜这件事并不感到骄傲似的。说女巫是夜行动物完全是一派胡言；她们的确经常在晚上飞来飞去，但那只是因为她们像是从保姆身边溜出来的永远长不大的孩子。

"这幅画，"理查德接着说，"在我看来很美。"这幅画可能一开始就值一先令，后来才被装裱起来，或者就是从日历上剪下来的。画的是风景，但颜色太浓重，光线太暗淡，一点也没法让人看出画的是室外场景。画面中间是一条河和一道像是精心梳理过的头发的瀑布，四周是十几座灰蒙蒙的山，山顶上盖着些看起来像手绢的东西，还有一只水肿模样的雄鹿在喝水。"我不能想象还有比这更美的画，"理查德继续说，"但我尤其喜爱这幅画，也许是因为父亲和母亲经常跟我谈起这个地方——一个像画中一样的地方，靠近我出生之地。你们知道吗，我出生在落基山脉。就在我出生的山下面，我想一定有一个这样的峡谷——我梦到过它——奶一般的绿色河水在形状奇特的冰上流过，像绿色刺猬一样的仙人掌长在石头缝里，巨大蓬乱的松树牢牢地抓着一小块平地上的一撮土。岩石是绝美的玫瑰红色，层层叠叠地形成陡峭山峰，分裂成各种颇有用意的形状，像是非得要象征什么。它们确实象征着什么……"

一首大提琴演奏的曲子提醒他们晚饭要开始了。他们回到大厅时，突然迸发自整支管弦乐队的演奏声部分掩盖了宣告理查德进屋的雷声。萨拉·布朗觉得这一定是阿拉贝尔夫人有意安排的。男巫的母亲一定很难不注意跟她儿子相关的这些奇异现象，当任何跟魔法相关的事发生时，她都努力保持着微笑，换上一副木然的、有教养的"我没看见"的表情。

在大厅的尽头，整齐地围成月牙形的管弦乐队正忙着用小提琴合奏一首粗鲁暴力的曲子，每根琴弦好像都快要绷断。这阵狂热蔓延开来，连边上的巴松管、三角铁和钢片琴也被传染了。然而，单簧管发出的一个刺耳的指挥音突然使每件乐器都消声了，只有钢琴还在难为情地独自演奏。钢琴师大部分时间都抬头看着天花板，但他似乎尤其钟爱一个琴键，每次演奏到这个音，他都深情慈爱地看着它，鼻子都快贴上去了。正当萨拉·布朗觉得她快要辨认出曲调和拍子时，音乐在一个小节的中间戛然而止。理查德打了一两次喷嚏。这个头脑简单的男巫显然很享受施展魔法。我们不免觉得军队里大概不鼓励魔法，他现在沉浸其中的超自然狂欢是他长时间压抑自己后累积起来的反应。比如，诡异的不自然的笑声从大厅远端的角落传来，电灯挨个诙谐地眨眼。低音提琴的琴弦啪的一声断掉，演奏者刚辛苦装上的新琴弦又立刻断了。演奏者求助似的望向阿拉贝尔夫人，但她躲开了他的目光。一群蝴蝶像风暴一样围住了餐桌。这显然是个很难的魔法，因为魔力不断失效，一时间萨拉·布朗都搞不清楚到底有没有紫色的线蛱蝶淹死在她的汤碗里。

"你真幸运，"女巫叹气道，"你这里有这么多空间，这么多工具。我总是感到特别压抑，特别受限制。我通常只能在酒精灯上加热我的魔法，而且就连这也越来越难了——搞不到甲醇。"

"我并没有那么幸运。"理查德说，"在法国，军士连一点点魔法都不能容忍，这就是我没得到军衔的原因。为了不手生，有一次我在中士的香烟上搞了个小把戏。他划火柴点烟的时候烟会突然变长，而且越来越长，最后他只能让我帮他点烟，而烟又缩了回来，烧到他的鼻子。当然他没法证明这是我干的，但是，怎么说呢——就像我说的，我没得到军衔。"

阿拉贝尔夫人对这样的讨论以及所有的魔法展示都完全不在意，她一直在紧张兮兮地谈些乏味的话题。她的眼神是那种蠢人常有的可怜的眼神，带着"别听我说话"的神情，好像在说："我说的不是我想说的。真正的我比现在这个要好多了。"

最后，理查德搞了一个恶作剧，这好像是魔法界人士间通用的玩笑，因为女巫马上就笑起来了。正当女主人拿着叉子和汤匙准备分发银鱼时，圆桌开始转了起来，银鱼从她手中飞走了。桌子继续转个不停，发出一种深沉的管风琴声，等它停下的时候，银鱼恰好停在理查德的对面。他严肃地把银鱼分给了大家。阿拉贝尔夫人满面通红，她小声对萨拉·布朗嘟囔道："真聪明，真有趣。"

萨拉·布朗很同情她，开始闲聊起来。管弦乐队又忙了起来；就着一首响亮又难以捉摸的雷格泰姆乐曲，她对阿拉贝尔夫人喊道："你知道吗，我今天早上辞职了。三天半之后我就要在饿死的边缘了，这还算上了我有的一盒

OXO 牌浓汤块。你不会刚好知道有什么适合我的工作吧。我不会做饭，我缝上的扣子比我没缝过的还掉得快，但我学过演奏大鼓。"

"我亲爱的，"阿拉贝尔夫人立刻充满母爱地说，"这太糟糕了。我希望我知道有什么合适的工作。但是，现在是战时，你懂的，恐怕我都不应该再雇管弦乐队了，更不用说增添人手了。而且，尽管如今的女人非常优秀，但你不觉得大鼓——有那么一点点不适合女人吗，亲爱的？不过——"

"你聪明吗？"理查德问。

"是的，她很聪明。"女巫骄傲地说，"她写一些小诗。我见过一首她的诗，发表在一本没有插图的杂志上。诗印在两篇文章之间，一篇是关于关税改革的，另一篇是关于煤炭业现状的。诗的开头是'啊我的爱人……'。我觉得这是首挺漂亮的小诗，但我不知道它怎么能跟那两篇文章搭起来。这让我有点发愁。"

"如果你能努力显得不那么聪明，我可以给你一份工作。"理查德说。他正固执得令人生厌地让鸡肉飘浮起来，于是悬浮在桌子中央十八英寸上空的鸡肉不断把汤汁滴进一盆水仙花里。"我确实要给你一份工作。我有一个农场，叫希金斯农场，差不多位于大海平面和天空平面之间的位置。如果你愿意，你可以做农场工人，一小时六便士。你每天从手套岛出发可以很容易到那里，我来告诉你怎么走。当你从手套岛到达大陆时，它就在你的右边，在仙境教区的另一端。你沿着绿道一直走，穿过魔法森林，直到你到达一座城堡。最年轻的王子曾住在这座城堡，他从巨人手里解救出费瑟斯通豪家的一个女儿并娶了她。现在城堡正在招租——女主人在萨洛尼卡开救护车，男主人是个炮兵，刚分到他的炮兵连。在城堡的外墙下面是雏菊小径，沿着它走，你就能在一道由修剪过的黄杨木组成的拱门下看到希金斯农场的大门。"

"我还没有田间工作服^①，"萨拉·布朗说，"不过我见过一条叫'美索不达米亚军官款式'的裤子，膝盖间有系带和真的白色鹿皮防撞垫，这个应该适合我，我可以当掉我的——"

这时突然传来了巨大的爆炸声。所有人都看向低音提琴，但它的琴弦这会儿都完好无损。

----

① "一战"期间，因为大量男性入伍，为了补充农牧林业劳动力，英国妇女发起成立了名为"妇女田间军"（Women's Land Army）的爱国团体，招募年轻女性到农场上劳动以保障粮食产量。"妇女田间军"穿着适合劳动的统一服装，包括马裤等当时被认为属于男性的服装，对传统的女性衣着规范和女性形象造成一定挑战。

"是报警鞭炮。"女巫说。

"亲爱的，"阿拉贝尔夫人叫道，发现这新的响动不是来自超自然能力，她松了一口气，"甜品和消食菜还没上，这太糟糕了。你们知道吗，我跟派恩赫斯特，我的丈夫发过誓，空袭的时候绝不待在这幢房子里。这都怪他，这亲爱的老伙计，他对窗户太痴迷了。我觉得这幢房子里的玻璃比墙都多，而且派恩赫斯特一闲下来就琢磨着怎么再多安些窗子。我们的房间就像个玻璃温室——真是让人难为情。所以空袭来的时候我总是带着我的毛活到街对面圣塞巴斯蒂安教堂的地下室里躲起来，我相信你们也会愿意一起去的。你们其实可以带一盒挑木棒游戏或是一套桌上槌球的，不过我猜教区牧师不会允许。他是个好人，不过他特别挑剔。我们得等乐队演奏完这首曲子，第一小提琴手可容易生气了。"

他们都耐心地等着乐曲奏完。这是首平淡无奇的曲子，因为是希金斯家的一个亲戚作的，所以在这个家里备受欣赏。

"我一直好奇的一件事，"当一把小提琴正独自低声演奏一个小小的长音，制造出一个充满感情的段落时，女巫借机说，"是为什么只有难听的歌才长久。你们有没有注意到，孔雀，或墙上的猫，或拿着锡制小号的孩子，都不吝惜于花几个小时连续不断地演奏自己的音乐，但挂了雪的树枝上的知更鸟，或夜莺，或仙女——"

她的话被雨伞架上传来的窸窣声打断。扫帚哈罗德好不容易挣脱了一个捕蝶网的纠缠，喘着气过来了。

"我得走了。"女巫说，"我跟你们赌两便士，今晚要有点乐子了。萨拉·布朗，等这一切结束了我会回来接你的。"

阿拉贝尔夫人和萨拉·布朗过街向教堂走去，理查德落后几米跟在后面。

"恐怕我的小晚宴不太成功，"阿拉贝尔夫人悄悄说，"理查德和安杰拉没像梅塔·福特说的那样就神秘话题聊得热火朝天。当然，就像你看到的，理查德表现得很浮躁、很不正经；所有从前线回来休假的男孩刚开始几个小时都是这样的。他本性是很安静的，虽然今晚你可能看不出来。"

她们刚到地下室的门口，远处的夜空中便闪起了炮火。牧师肥壮的狗（所有牧师的狗不都是肥壮的吗？）正百无聊赖地等在那儿。

"牧师不允许动物进地下室。这对佩里太太的金丝雀可太残忍了，它很容易受惊。有一次我在这儿的时候，牧师的小儿子带了只兔子进来，藏在他的衣服下面。亲爱的，那场面可太难看了。"

伦敦这个地区的居民很勇敢。他们觉得，既然战争来到家门口了，那么按礼仪要求他们得待在家里迎客。所以，地下室里只有十来个人。他们中大部分都是这一区过得不太体面的老太太，她们都在织东西。牧师正想方设法把安慰塞给她们，但不太成功，因为她们在讨论各家死去的人时都心平气和的。

炮火的声音近了，像醉酒的巨人踉跄的脚步般撼动着大地。萨拉·布朗将注意力都集中在晚报上，把其中一个广告栏读了一遍又一遍。这种广告操着一种面对面推心置腹的语气，人们都很爱读，但同时也打定主意万万不会买上面宣传的东西。很快，理查德紧张乱动的手吸引了她的注意力，于是她看向了他。他正挨着他母亲坐在石阶上。他这会儿看起来平静多了，没有再尝试使什么魔法。但萨拉·布朗觉得他在抑制他内心的激动，因为他很快说道："我说，如果在这一切事情上对我们的后代和美国人，以及其他毫无防备的无辜的人撒谎，不是挺好玩吗？"

他们的对面，坐在两张折叠凳上的是一个五十岁的年轻、高傲的母亲和一个十六岁左右的苍老、坚硬的女儿。这个女儿从各个方面来看都很坚硬。她的年岁是这么不柔嫩，你也许会在冬天算她的年龄，而不是在夏天①。一根铁一样的六英寸长的辫子垂在她背上，她的脚和脚踝使她坐着的凳子相比之下显得轻飘飘的。英格兰的脊梁就是用这样的材料制成的，正因如此，英格兰的脊梁有时候显得那么可悲地僵硬。

外面传来一声尖啸，接着是难以置信的爆炸声。它似乎在一秒钟和下一秒钟之间劈开了一个无底的深渊，于是人们好像是第一次意识到自己身处一个受了惊又令人震惊的世界。

阿拉贝尔夫人说："我当然知道，男孩总归是男孩，但这也确实太过头了。派恩赫斯特唯一的爱好就是他的玻璃窗。"

爆炸声一停，折叠凳上的母亲就发出了一小声畅快的尖叫。"这些恶棍，"她像猫一样扭捏地说，"像往常一样故意瞄准礼拜之地。我完全被吓呆了。玛丽，我亲爱的，我猜你一根毛都没动。"

"一根'马'都没动。"②她镇定的女儿回答道，同时犯

---

① 英语中表示"夏天"的"summer"一词在文学语言中也可表示"年岁"。

② 原文为法语"Pas un cheval"，意为一匹马都没有。此处女儿将法语的"cheveux"（毛发）误说成了"cheval"（马）。

了个自然而然的错误。显而易见，她在家里很受家人喜爱，我们不禁奇怪这是为什么。

炸弹响过后，枪炮的声音听起来就像是炸弹声的消极形式，在射击声之上还能清楚地听到嗥叫声。牧师的狗嗥叫着冲进了地下室。

"鲁珀特！"牧师厉声叫道，中断了他正在发表的提振士气的老生常谈。但他没机会说别的了，因为在鲁珀特身后跟着一队人，大概十几个，人人身上都披挂着床单。只需同情的一瞥便知，这些是突然从睡梦中被惊醒的不幸的住户，忘记了郊区居民惯常的尊严，也许他们刚从被毁的家中死里逃生，每人身上除一张床单之外别无他物。这其中有一个年纪很大的男人、一位中年老小姐，然后是一大群年龄从两个月到二十岁不等的孩子，后面跟着他们的父母、老师和监护人。

枪炮声更近了，地下室另一头坐着的一个老太太突然把她正在织的东西扔下，开始忏悔。"啊，我要下地狱了，"她夸张地叫道，"我是这么一个卑鄙的老女人。我差一点拿菜刀砍掉了我第一任丈夫的头，而且，天哪，我昨天还跟我的第二任丈夫说了那么多谎话。"

"这是一个真正的庄严时刻，"披着床单的老小姐说着在阿拉贝尔夫人身边坐下了，"我希望我是以正确的态度对待这个庄严时刻的。但人总归是人，我还是感到紧张。我已经在心里默记好我要说的话了。"

"什么话？"阿拉贝尔夫人问道，她正在专心致志地织一只袜子的后跟。

"就是上帝把绵羊和山羊分开时 ① 我要说的话。"

"啊，好了，好了，"阿拉贝尔夫人好心地说，"事情还没糟糕到那个地步呢。你一定不能这么悲观。"

"你搞错了，"披着床单的女士说，同时高傲地昂起了头，"我很自信，我没有任何理由悲观。对最后的审判我没有任何不安。但因为我没上过法庭，我觉得最好还是像我说的，在心里默记好我的证词。"

刚才在织东西的老太太发现自己的忏悔被打断，有些恼火。"我虽然是个卑鄙的老女人，"她用更有尊严的腔调说，"但我可不后悔今天上午那个臭辅警挑衅排队买糖的人时，我直接告诉了他我的看法。我跟他说——"

"我们都有自己的错，"阿拉贝尔夫人的邻居插话道，"但我想，在这样一个庄严的时刻，我很庆幸我从没犯过

----

① 这里指的是在基督教预言的末日审判到来时，所有的死者都要出现在上帝面前，上帝要把人分为义人与被诅咒的人，就像牧羊人区分绵羊和山羊，义人（绵羊）得永生，被诅咒者（山羊）下地狱。

匆忙指责别人的错。我这一辈子一直遵守一个准则，那就是我无论说什么话之前，都要先问问自己：这是真的吗？这是正义的吗？这是善意的吗？"

"你这么说是不错，"阿拉贝尔夫人愉快地回答，"只希望年轻的一代也能像你一样。现在的情况更像是：这是真的吗？不。这是正义的吗？不。这是善意的吗？不。这好玩吗？是的。那就这么干吧。"

"尽管如此，"这位淑女一样的女士说（尽管她披着床单，我们也能看出她是个真正的淑女。显然她每天都读《晨报》），"尽管如此，也许你能帮我搞清楚一个哪怕在这个庄严的时刻也稍稍困扰着我的小问题。你说，绵羊会被允许旁听对山羊的审判吗？还是要先清场再审判？我真的很想听听已故的教会执事的辩词，他跟人私奔——"

"啊，求你了，求你了，"阿拉贝尔夫人说，"不要说这种话。不要总是想着最糟糕的事。我保证你会平安无事的。"

"我当然会没事，就像你说的那样。"老小姐冷冷地站起身来，"所有人都可以为我做证，我在我小小的角落里一直保持着我的蜡烛不灭——"

"我的天哪！"那个猫一样的母亲惊叹道，"在这样的晚上还点着蜡烛！而且很可能没有遮光。难道你不知道，那些天上飞着的恶魔一直在盯着有亮光的地方吗？"

"天上的恶魔！"身披床单的女士叫道，"你是说，在这样庄严的时刻，他们还在外头活动吗？"

"啊，快别说傻话了，"坚硬的姑娘恳求道，"不是他们还能是谁搞出了刚才的爆炸声？"

"是他们搞出了爆炸声！"身披床单的女士叫道，她的声调越来越饱含惊叹号，"难道召唤我们的庄严工作也要委托给恶魔的爪牙了吗？"

又一阵爆炸声打断了她的话，这是邻近的枪炮发出的。大地震动着，每一声爆炸后都紧跟着即将降临的炮弹奇怪又尖厉的长啸声。

"什么，又来了？"阿拉贝尔夫人的披着床单的邻居惊叫起来，"我觉得一声召唤就足够了。但这种事还是仔细点为好，毕竟有些人睡得很沉。第一声响的时候我就确定无疑地听到了，我立刻起身，尽管我胸上压着重重的墓碑——"

"这可太不明智了，"阿拉贝尔夫人说，"大晚上的碰这种东西。我睡前总是在身边放一小尊本杰像①。"

----

① 此处的本杰（Benger）指的可能是 1917 年殉职的英国空军王牌飞行员威廉·约瑟夫·本杰（William Joseph Benger），生前曾击落五架德国敌机。

萨拉·布朗此时恰好看向理查德。他眼睛闭着，但他紧抿着的嘴笑得很欢畅，脸朝着房顶。他双手紧张地在大腿上忙碌着，好像还在搞他的魔法把戏。她的观察被一个响亮的斥责声打断了，发声的是领着一批后来者进来的令人尊敬的男士。

"神圣之地竟然进来了一只狗，"他指着正紧张地在主人两腿间穿来穿去的鲁珀特说，"我在这里做牧师的四十年来，从来没允许过这种大不敬的事发生——"

"消消气，消消气，我亲爱的先生，"牧师反驳道，他有点激动，"我就是这个教堂的牧师，这是我的狗。我正准备把它赶出去时，你们就进来了，后来我就一时找不到它了。鲁珀特，回家去吧。"

鲁珀特又嚎叫起来，然后躺了下来，好像快要晕过去。

"我在这个教区做了四十年的牧师，"老先生说，"从来没有过——"

"什么？"牧师打断他说，"在这个教区做了四十年的牧师？那你一定是法政牧师伯斯特利-里普。真是难以置信，我一直以为他十年前就去世了。"

他向老先生走过去，试图抓住他的领扣跟他说话。一开始老先生身上的床单使他没能成功，但他很快就满足于抓住床单的一角，把年长的牧师同行拉到了角落里。人们听到他们在那里殷切地低声交谈了一会儿，各自都误解了对方的意思。

"啊，我真是个卑鄙的老女人，"忏悔的织毛衣老妇人突然又开始忏悔了，"我在我做清洁工的上流艺术品店里偷了半磅糖。如果我能活着从这里出去，我发誓我要百倍偿还——我是说，如果我能搞到那么多糖票的话……"

萨拉·布朗有点困了。她的大脑中渐渐出现一块空白，地下室里的谈话对她来说似乎失去了意义，大多数只是一些嘶嘶声。她百无聊赖地开始研究起那一大家孩子和他们的家长，这些人现在正以一种幻灭的表情看着彼此。很难看出这群人互相之间是什么关系，因为有很多孩子的年龄太过接近，很不正常。看起来至少有七个孩子在三岁以下，但他们都令人遗憾地长着酷似一家人的脸。好几个婴儿还不怎么到会走路的年纪，但他们并不是被抱着进来的。那个看起来自命为这群孩子的母亲的女人正在匆忙地给大家分发一些像是临别忠告的话语。眼神悲哀的父亲显然正在努力记起孩子们的名字，而且时不时地跟一个看起来比他大二十岁的男人耳语，并把他叫作儿子。这一切都很令人困惑。

过了好像很长的一段昏暗时间后，空中突然传来了号角声。不知怎的，空气立刻变得清凉怡人了些，险情解除的信号就像暴风雨后的太阳，照亮了一个被鞭打过的蜷缩着的世界。

"号角终于吹响了，"阿拉贝尔夫人喋喋不休的女邻居说，她敏捷地站了起来，把床单整理出更优雅的褶子，"我正在想——"

不过正在这时两位牧师走了过来。年老的这位，看了看老小姐和那神秘的一大家子，用牧师腔调尴尬地说：

"亲爱的朋友们，因为一个麻烦的小错误，恐怕我得请求你们在这件很难解释的事上完全听我的，就像我——我自己也搞不清楚——完全听我尊敬的牧师朋友的意见一样。这样做会很不恰当——"

老小姐打断了他，她这么做让人一眼就能看出她是不从国教的新教徒。"容我冒昧地插一句，法政牧师先生，"她尖酸地说，"在这个庄严的时刻，谈什么不都是不恰当的吗？"

"请相信我，女士，"年老的伯斯特利 - 里普说，"你高估了这一刻的庄严程度。我必须郑重地请求你们都跟我一起回到今晚我们出发的地方——我们因为一个很不寻常的错误忙了半天。我看到帕拉舒特太太是信任我的，正准备带着她的小家庭回去继续休息。你，女士——"

"帕拉舒特太太带头了，我当然不愿意落后。"老小姐生气地回答，同时把身上的床单裹紧了。从她说话的方式可知，她跟帕拉舒特太太之前从不来往。她向阿拉贝尔夫人鞠了一躬，用嘲讽甚至调笑的腔调说："下午好，呃——太太，既然这一刻并不庄严，也就不用庄严地对待它了。说点轻松的话题，等到真正庄严的时刻到来时，我希望我有幸能在不远的将来再次见到你和你那讨人喜欢的儿子和女儿。恐怕我身上没带名片，不过，呃，可能外面放着的我的墓碑——上等花岗岩做的——可以代替……"

脸色苍白的人群一个接一个走出地下室消失了。剩下的那个牧师捶打着自己的额头，开始轻声呼唤安静下来的鲁珀特。他的声音中有着一种难以解释的温情，把鲁珀特烦得立刻匆匆忙忙跑回家。

阿拉贝尔夫人、萨拉·布朗和理查德一起穿过了教堂墓地。

"看哪，亲爱的，"阿拉贝尔夫人说，"真是太糟糕了，那颗炸弹落在离我们这么近的地方，看它把坟墓都掀开了……"

第六章　从上面看的一场空袭

　　女巫和她的扫帚哈罗德离开希金斯家时，月光像奶油一样铺在人行道上。伦敦像是被银色和星灰色覆盖的安静的瑞士，还未被人类污染。月色中带着一丝淡绿色，灯光低垂的路灯就像仙境中的水仙花。

　　女巫骑上了扫帚。哈罗德作为一把纯种扫帚，神经兮兮的，在她身下颤抖着，但并不是因为恐惧。他们以惊人的速度到达了皮卡迪利广场，从广场上空穿过。在地铁中避险的人群的声音断断续续地传到他们耳边。这时，女巫对哈罗德说"吁"，于是哈罗德猛地抬头，开始急速上升，差点撞到广场中央的"赶巴士的人"雕像①。

---

① 这里指的可能是曾位于皮卡迪利广场中央的安忒洛斯雕像。安忒洛斯为希腊神话中丘比特的兄弟，代表"无私之爱"。雕像为一个踮起脚射箭的带翅膀小男孩形象，似在赶巴士。

女巫刚远离等待中的伦敦发出的噪声，就清楚地听到了伦敦来客的声音。他们的到来伴随着多声部合唱，每个声部听起来都低沉又危险。

有几朵云在星星间飘着，女巫和她可靠的哈罗德到了其中一朵云上面。云可以为魔法人士提供很好的支撑。大多数巫师都喜欢在这些没过了膝盖的变幻莫测的大陆上跋涉。他们在晴朗的天空下沿着闪亮多变的云中谷地漫行；他们攀爬紫色的积雨云，或是送出暴风雪中的第一片雪花；在绚烂的晚霞中，他们从一小块粉色的云朵跳上另一小块粉色的云朵，每朵云还没有婴儿的巴掌大。经常，当我在伦敦与暴雨对抗，或是在浓雾中不小心撞上看不到的陌生人而落入排水沟时，我会开心地想到我头顶的云层上面是怎样被太阳照亮，那里，巫师们脱下外套，躺在云做的草地上，享受着永恒的夏日和阳光。

女巫趴在她选中的云朵上，一只手安抚着哈罗德立起的鬃毛，透过云中的一个小洞向下看。这差不多是周围的云中唯一可以提供良好遮挡的，别的云都不过是些在月光间飘浮的空中杂草。

她的下方，飞机的响声变大了，回荡在整个天空中。女巫能听到一个机器发出的深沉男低音，一个男中音，一个颤抖的男高音，以及一个像针一样尖细的男童高音，这声音让哈罗德颤抖着想摆脱。

"是另一个女巫。"女巫说,"我还在奇怪,怎么德国佬到现在还没有集结他们的魔法力量。"她骑上哈罗德,离开了云朵。

枪炮现在嚎叫起来,炮弹尖厉地呼号着,在离他们不远的下方爆炸,但哈罗德这会儿不再发抖了。他比坠落的陨石还快地俯冲下去,很快,敌国的女巫就在眼前了。她是个大块头,她的扫帚可能因为长途飞行和背着重达十四英石①的魔法主人,正像犯了肺病般地喘着气。德国扫帚的脖颈处装着一个样子很邪恶的装置,显然是为了向下喷射讨厌的魔咒。这个装置看起来出了点问题,因为德国人一开始忙着对付它,都没有听到哈罗德和女巫正靠近。她被一大团魔法击中,差点从扫帚上掉下去,这才让她意识到自己的险境。但很快,她使出了一个躲避魔咒,于是战斗开始了。两把扫帚昂起头,绕着对方转圈,一上一下地飞行。两个女巫从指尖发出具有强烈爆炸性的噼啪作响的魔法,互射威力强劲的咒语,据说下面城市的房顶瓦片和烟囱管帽都因此遭了殃。两把扫帚绕着对方上上下下地飞

---

① 英石为英国重量单位,14 英石相当于 88.9 千克。

啊飞，直到它们所处的空间都发了疯；伦敦好像沿着噩梦般的斜坡冲进了狂暴的天空，街灯摇晃着，跟星星缠绕在一起。

两把扫帚这时已经兴奋得疯狂起来，两个女巫都没法瞄准她们的攻击对象。事实上，没过多久哈罗德就彻底失控了。在弓起背狠狠踢蹬了两下后，他发出了一声狂叫，听起来像是风呼号着穿过他和其他扫帚所来自的莽莽丛林，然后冲向另一把扫帚，用自己坚硬的鬃毛插向对方的喉咙。撞击的震荡把两个女巫都吓坏了。我方的女巫——如果我能这么称呼她的话——从哈罗德的脑袋上方飞了出去，扑向了敌方女巫宽广的胸脯，结果敌方女巫也失去了平衡，两人一起从空中掉落。

"啊，完了，完了……"我方女巫喊道。她的思绪飞快地回到绿色的安全之乡，安逸的旧时光，以及她的出生地，那座位于蓝铃花丛中的林间小屋。她还有空当想起点缀着日光的蓝色大地，以及蜜蜂拽着蓝铃花瓣，并在上面随着五月雾中的布谷鸟叫摇摆的样子；她也有空当记起在春天过后，蓝铃花的绿色球形幽灵怎样出没在林间。她满脑子都是蓝铃花和她的年少时光，过了好一会儿才注意到，她和她的敌人怎么下落得这么慢。

因为两人缠绕在一起了。敌方女巫的斗篷，除颜色是德国战地灰而不是红色之外，是件正宗的女巫斗篷。这件斗篷像降落伞一样向外展开了，在两个女巫平缓、近乎亲密地下落时支撑着她们。

据我所知，她们本来可能缓缓地降落在河岸街，而当局现在可能正后悔抓到了一个令人尴尬又莫名其妙的俘虏。但有些情况阻止了这一切的发生。那朵云像一只从羊群中掉队了不知道该去哪的羊，并没有完全从战斗中退场。女巫们的打斗是朝着上方去的，最后停在了云朵上方几百英尺的地方，所以云朵看起来好像是掉在了她们的下方。于是，两名战士的下落被云朵阻止了。女巫们仍以互相锁死的姿势趴在云中，眼睛和嘴里都塞满了毛茸茸的云朵丝。

我方的女巫首先恢复过来。她站起身来，整理了一下自己，说道："我的老天，你那件降落伞一样的斗篷真是个妙招。我真希望我之前也能想到这招。我是个傻瓜，总是把我的晚宴长裙收起来。其实只需要缝上一两针，再加上点鲸须作支撑，就能把它改造成降落伞了。"

德国女巫是个年纪大些的女人，所以并不太容易适应战争中种种奇怪的偶然。她坐在自己在云中砸出的小坑里沉默了几分钟。严格来讲，她并不算丑。她的脸让人忍不住觉得如果自己是上帝，一定能把它造得更好，或者说至少能多花些心思来造。她的脸看起来像是用一种软质材料随意塑造，甚至是揉捏出来的。在她展开的斗篷下是一件常见的德国改良式女长裙①，使她的形象有一种穿这种裙子的人通常有的果冻感。她的标准女巫帽这会儿大概已经掉进了海德公园的九曲湖，她圆圆的脑袋露了出来，上面缠绕着两条粗粗的沙色辫子。

　　两个女巫盯着对方互看了几秒钟。很远的地方传来两把扫帚打斗的噼啪声。往上看，她们能看到两把战斗中的扫帚就像两颗碰撞在一起的没有亮光的彗星。我方女巫的视力更好一点，她能看到敌方扫帚占了上风，扭动着身子的哈罗德这会儿像只老鼠似的被甩来甩去。他们的鬃毛紧紧纠缠在一起，一根小树枝从两个女巫中间飘落，我方女巫辨认出这来自可怜的哈罗德的鬃毛。她正这么往四周看时，突然发现天空好像变得越来越大，并很快意识到这是因为她们赖以藏身的云朵在变得越来越小，云的边缘正在消散。最终，她看到了自己的危险处境。如果哈罗德在战斗中被害或者伤残，她就不可能活着回到地面上，因为她只能从几千英尺的高空直接掉下去。敌方女巫因为有高明

---

① 改良式女长裙（*Reformkleid*）是一种无紧身褡的女式长裙，比十九世纪欧洲流行的细腰大裙摆服装更舒适、宽松，方便女性活动。

的降落伞斗篷护身，还有很大机会能安全脱身，但我方女巫是个战争新手，身上是穿了三年的蓝色哔叽裙和松鼠裘皮披肩，因此孤立无援。

正如你所料到的，魔法也是有局限性的。魔法人士可以轻易地玩弄火、驯服水、改变大地，一个咒语就可以使人类或他的任何所有物听令。但空间对魔法来说太过庞大了，它就像那只不可思议的手，高傲地悬浮于我们这个世界的脆弱幻象之上。没有什么力量能嘲笑空间，没有什么咒语能对我们和月亮之间的空间起效。所有魔法人士都战栗地懂得，在瞬息之间，那只手就会攥紧，于是时间的壳破裂粉碎了，于是魔法和虚无、死亡以及其他各种幻象一般并无两样。正因如此，魔法虽然可以驾驭其他各种自然元素，却只能在空间面前俯首称臣，而且必须单独造出扫帚这样的东西才能实现空中飞行。

两个女巫面对着对方，处在空间的无垠王国中小小的一块并不牢固的避难所上。我方女巫暗暗感到恶心想吐，她努力想把心中的恐惧驱散。她知道，死亡只是个隐藏得并不好的秘密，并不是什么邪恶。毕竟，我们是在死亡缺席的情况下判了它的罪。

两个女巫都能说一种魔法语言，这使她们能互相交流。她们都不会说对方的母语。但是，当我方女巫看到敌人的脸颊上淌下了几大滴泪珠时，她用魔法语言说："天哪，我的好人，你在哭什么呢？"

"我没有哭，"德国女巫说，"我不会允许我有一滴泪落在你们这个受诅咒的国家，浇灌你们的麦田。我当然没有哭。"

"受诅咒的国家？"英国女巫震惊地重复着，"这是什么意思？什么叫受诅咒的国家？你知道吗，这是英国。英国可没做过什么值得诅咒的事。你怕不是搞混了英国和德国吧？"

"英国是世界公敌。"德国女巫说，显然，她很高兴能有机会教育还不知道这件事的人，"自古以来，英国都是强盗国家，欺压弱小民族，通过阴谋攫取财富，现在又把侵略战争强加在她热爱和平的邻居身上。"

我方女巫笑了，她忘记了自己的危险。"这可太好笑了，"她说，"你知道吗，你肯定是读了《每日邮报》却完全搞混了。你刚才说的那一大段指的是德国，不是英国。是德国在惹麻烦。是你搞错了，但没关系，我不会总揪着你的错误不放的。"

德国女巫完全忽视了她的话。过去的三年已经使她非常精通于忽视之道。

"现在，"她接着说，"经过这几个月漫长的期待，以及长途扫帚飞行训练、跳伞训练，还有和官僚主义的纠缠，我终于来了——可这就是结果。我跟我的扫帚分离了，扫帚的脖颈上装着我所有的细菌弹——是引起纠纷和暴乱的细菌。我被困在一块英国的云上，只降伏了一个狡诈低劣的非战斗人员——"

"降伏……"我方女巫低语道，记起了她的危险。她抬头看。扫帚们现在离她们更近了，在紧张的空气和下方枪炮如梦般的射击中，她能听到遭遇强敌的哈罗德艰难地喘着气。他还在英勇战斗着，但头上差不多连一根树枝也不剩了。

空间的大浪打来了。云朵的边缘离她的手只有六英寸了。我方女巫的脑中闪烁着侵略和即将到来的大浪。好像她一生都生活在一个不断退缩的海岸上。她记起她的每个黎明，都像是被海浪威胁的岩石上一小块摇摇欲坠的平安的落脚地；她的每个黄昏，都像是正在滑入步步紧逼的睡眠的金色沙滩。她意识到，一切在虚无的大军面前，都不过是一小队毫无希望的守卫军。

她紧张地抓住一小片云，云在她的手中破碎了。她艰难地试图恢复理智。

"你难道是想说，"过了一会儿她说，"可怜的德国真的以为她是正义的，我们是邪恶的？如果你是这么想的话，我猜一只吃人的老虎也会这么看自己。它怀着崇高的心和强烈的愤慨战斗着，就像我们一样——"

"我们是义军，"德国女巫说，"我们与邪恶为敌。"

"什么，这多可笑啊——因为我们也是义军。"我方女巫说，"但是这不奇怪吗，两支义军以对方为敌？那么邪恶在哪呢？难道是在无人岛上？"

"我们加入战斗，"德国女巫滔滔不绝地说，"是因为英国是世界公敌。自古以来她都是强盗——"

一个巨大的炸弹在她们身边炸开，云朵扭曲颤抖着。德国女巫占领的那边有一英尺云破碎消散了。

"我们在我方的枪炮射程内了，"我方女巫朝下看了看后说，"这块云一定是在下降。"

"它再往下降也救不了你。"德国女巫说，又理了理她坚挺的斗篷，竭力掩饰自己的紧张。她自己看起来也有点要掉下去了；也许她炽热的激情融化了她身下的云。她现在像尊偶像似的蹲坐着，全身有一半都淹没在云里。

英国女巫又往下看了看，哼了首小曲来提振自己的士气。从上面看，伦敦真的跟你在河岸街上从神情忧郁的先生那里用六便士买的地图上画的一样，只是此时的伦敦撒上了细细的街灯，主要是由灰色块和深灰色块组成，而且地铁没有不雅观地裸露在外面。令人惊讶的是，火车和路上不多的车辆那有节奏的低鸣声清晰地传来，甚至连救护车那独特的尖叫声也能听到。不知怎的，空间似乎不被这些声音打扰；它的寂静像个沉重的梦一样紧紧压在听者的神经上，除了空间，我们什么都不可相信。我方女巫觉得她好像用一只手指就能把伦敦从空间表面抹掉似的，而七百万个生命就这样与那一张滑行的地图的命运绑在一起，这个想法在她看来是这么不真实。她努力在脑中想象出人性，以及那些在小小的房间中生活着的小小的生命。

"我以义士的身份问问你这个义士，"她说，"你觉得在对抗邪恶的战争中，往别人家里扔炸弹难道是一件好事吗？毕竟，每个婴儿在床上时都是个好孩子，即使是士兵，在休假时也是反对军事战争的。"

"把毒虫消灭在它的毒巢里总是好的。"德国女巫说，她正努力使自己和对手处在同一高度，而我方女巫因为体重较轻，还坐在云层的表面，"邪恶正是在家里产生的，英国女人们正是在家里生出了下一代正义的死对头，英国崽子们正是在家里学会了他们劫掠的本事。我们的清洗必须降临在家里，这里正是邪恶的源头。"

"啊，不是这样的，"我方女巫急切地说，"正是在家里人们才会友善，才会想着他们的晚饭，才会给他们的孩子洗澡。男人受伤或饥饿时会回家，女人孤单或疲惫时会回家。在家里，没人会教我们任何蠢事或是国际关系。你可以把死亡带到家里，但永远不可能让正义的惩罚降临在家里。没有人会从降落在客厅里的炸弹中感受到折磨或教育，他们只能感觉到死亡，而且是毫无意义的死亡。"

云朵现在已经变得很小了。它薄如蝉翼的边缘正轻轻地起伏着，就像岩石表面的海草在水中飘舞。女巫紧紧盯着对手的脸，因为往任何其他方向看都会使她的大脑一片空白。

"破坏性这样强的斗争，"她说，"只能在战场上进行。事实上，即使是在战场上——啊，我们这是在干什么，我们这是在干什么呀？我们双方杀死的不是邪恶，我们杀死的是青春……"

"我懂，我懂，"德国女巫哭着说，"我的男巫死在维米岭……"

"你总算说到魔法了。"我方女巫说，"亲爱的女巫，为什么你不回家问问，一支对抗邪恶的义军炸掉另一支义军怎么会是个好主意？两个人怎么可能同时正义地惩罚对方？这就像那个老问题，两条蛇咬着彼此的尾巴要吞掉彼此。一定是哪里搞错了，或者真正的邪恶在别的地方。"

"确实有真正的邪恶，"德国女巫说，她这会儿恢复了镇定，"英国就是邪恶。英国是世界公敌。自古以来它都是强盗国家，欺压——"

但她运气很差，话又被爆炸打断了。这次的爆炸在她们头顶正上方，响声更大。我方女巫几乎没听到爆炸。她好像突然找到了她人生的高潮，那就是疼痛。痛苦和某种对可怕的变化的预感席卷了她，令她窒息，她肩膀上还疼得厉害。在死亡一样漫长的一两秒后，她隐隐意识到她全身像一个提线木偶一样被紧紧扯向一边。她举着双手试图护住头，下巴紧贴在蜷缩着的膝盖上。她披着蓝色哔叽的肩膀湿湿的，想动也动不了。她朝云的另一边看去，敌方女巫已经不在那儿了。云中有一个圆形的洞，她痛苦地朝洞口探出身子，能看到伦敦的街灯，以及一个摇摇晃晃正在下落的物体。

这两次爆炸撼动了云的根基。德国女巫坐的地方大概恰好是云的接缝处，或者至少是不太牢固的部分，于是她从云中掉了出去。她的降落伞斗篷在通过云中的洞时被掀了起来，根本没法发挥作用。她的扫帚绝望地冲向她坠落的身影，发出像海鸥一样的奇怪的悲鸣声。

就在英国女巫看着她的对手遭此厄运时，云层的主体因为这接连的冲击正嘶嘶响着快速流散。女巫的脚现在悬垂在空中，她一点也不敢动了。她很难用没受伤的那只胳膊保持平衡，因为她的手只能勉强倚靠在像流沙一样快速消散的云上。她的大脑一片空白，只剩下危险和疼痛的感觉。

但扫帚哈罗德回来了。女巫听到近旁的窸窣声，这比所有的枪炮声都让她惊讶，因为枪炮声这会儿对她来说已经像是来自永恒那被遗忘的另一面了。哈罗德粗糙的脑袋出现在云边上，可怜兮兮地钻到她的胳膊下面。女巫忍着疼痛小心翼翼地调整到跪姿，但不管她怎么小心，她的每个动作都在破坏她最后的避难所。她因痛苦而呼吸急促，哈罗德尽量让自己看起来坚强又充满希望，以此安慰她。他伸直了自己的脊背，于是她爬上了扫帚鞍。他们起飞时的震动把云撕成了好几块，云很快解体了。云上再也没有落脚之处，空间的大潮袭来，将它彻底淹没。

扫帚哈罗德受伤了，他跌跌撞撞地飞行，有时突然下降好几英尺，然后转起圈来。他并无意做出这些惊险动作。

他们俩仅剩的体力刚够他们飞回地面。他们迫降在银色寂静的肯辛顿花园里。这里是他们的福地，因为这里有许多魔法。每当孩子们玩起假装游戏，空气中就多了一分魔法，所以肯辛顿花园的风中都充满了魔力。在孩子眼里总是漂浮着很多"无敌舰队"、水面上荡漾着载满了宝藏和传奇的船队的圆湖，是魔法人士的圣地。

女巫把扫帚哈罗德浸在圆湖里。显然他很快就感受到了湖水的治愈疗效，刚浸泡了一分钟，他就快乐地在水里游起泳来，从鬃毛上甩落大滴浸满月光的水珠。

不同声调的"危险解除"号角声充斥着人们的耳朵；它们的响声与逐渐落幕的月光十分谐调。

女巫在湖水里清洗了受伤的肩膀，然后来到了公园里一个只有她知道的隐秘角落。公园管理员的目光从不会找到这里。在这里，隐蔽的野生黄水仙花在春天盛开，老鼠和鸟儿们无忧无虑地玩耍，因为它们知道没有猫儿能找到这个地方。在这里你能看到九曲湖，以及九曲湖的桥下铜青色的阴影，但这里看不到房子、铁路和任何伦敦的影子。

在这里，女巫生了一小堆火，在上面架起三根棍子。她用指尖点着火，在上面放置了一个可折叠的专利小锅，她出行的时候总是把这口锅挂在她腰带的挂钩上。她用雏菊头、春天味的青草、不知名野草的根和九曲湖中仙境岩石上的青苔熬成了魔药。她掏出一个魔法小纸袋，把里面的东西倒进这些混合物里。她把所有这些放在火上熬煮了好多个小时，自己坐在一旁银色的暗影里，蜷曲着双腿，两手环抱住膝盖。树木向着月光伸展，就好像黑色的泉水从自己的阴影形成的池塘中喷出来。小块儿的云朵奇妙地在天空中飘着。四下一片寂静，只有水声，好像一个踌躇不决的演奏者在演奏着一小件乐器。当黎明滑过伦敦，太阳升起，新的一天的种子被种在这片富饶的红土地上时，女巫的魔药还没有熬好。肯辛顿花园里的树记起了它们日间的影子，于是忘记了它们夜间的神秘。水鸟们仔仔细细地检查了一会儿自己的肩膀，然后飞向闪着钻石光芒的湖面。大地上似乎笼罩着一层雾和鸟鸣。鸟儿突然的歌唱让人觉得好像是长时间失聪的心又能听到声音了。

女巫先从魔药翻滚的泡泡中取出一剂，然后用剩下的涂抹自己受伤的肩膀。她喝下魔药，伤口和疲惫立刻一扫而空，同时她所有的欲望都消失了，只剩下一个念头，那就是把脸埋在黄水仙花丛中好好睡一觉。她是那个早晨世间最美的孤独的人，没人能找到她。她微弱的火堆里升起一道细细的蓝烟，跟一棵开花的树缠绕在一起，但公园管理员粗俗的眼永远不可能发现。她从残酷时刻的罗网中逃脱了。对她来说，污秽的世界终于被洗净了；对她来说，所有的恐惧都屏住了呼吸；对她来说，真正的春天到来了，纯洁无瑕的太阳升起了，闭着的眼皮上降下了黄水仙的影子……

第七章　仙境农场

风暴过后，萨拉·布朗发现女巫并没有来接她，于是等巴士一恢复运行，她就自己回家了。她本以为会发现女巫在家，却只在独居公寓里见到了她的狗大卫和皮奥妮。大卫躺在皮奥妮的床上，皮奥妮躺在床下。萨拉·布朗从开着的门前经过时看到了他们。

"我的老天！"皮奥妮说，"都结束了吗？你确定？那些德国佬可狡猾了，你可搞不准他们会不会故意吹几声号，让人以为他们已经走了，结果等我们正高兴地从床底下往外爬时，他们又往我们头上扔炸弹。"

皮奥妮很信任十二英寸的床垫和九英寸的狗所产生的叠加保护力，在床下的时候借着手电筒的光读了一本叫《社交圈爱情》的书。

"确实已经结束了，"萨拉·布朗说，她在回来的路上听到了不少谣传，"他们说我们至少打下了一个德国佬。船夫说他的姨妈打电话说，她那个区的辅警说一个女德国兵被打下来了。但这听上去不太可能。女巫还没回来吗？"

"没呢！"皮奥妮回道，"这个家伙在有月光的晚上从不回家。我猜她去梅登黑德镇跟犹太人待在一起了，这样不太引人注目。谁能责怪她呢？"

"呃，好吧，"萨拉·布朗说，"因为我现在可以从她的库存里买一小件田间工作服了，至少目前什么都不用当掉。我知道她有些存货。"

这时夜色早已不再年轻，事实上它已经进入它的第二个童年了，但萨拉·布朗和狗狗大卫花了好几个小时挑选试穿田间工作服。

店铺里的商品被分到三个水平的区域。最靠近地面的区域放的是食品。柜台下四边都堆满了饼干罐子；底层的货架上整齐摆放着葡萄坚果牌早餐麦片，间或穿插着桂格牌燕麦片，等待检阅。在柜台上，水果罐头被堆成了一座座小城堡，下面是箱子装的各种谷物和魔法存货。大概在人脑袋的位置是五金区域：煎锅和锡制咖啡壶懒懒地躺在架子上，簸箕跟扫把离了婚，和熨斗或烧烤盘亲密友好地缠在一起；斯蒂芬斯牌蓝黑墨水与便宜马克杯和一罐罐鞋油联合起来，占领了中间的货架；一圈洗碗海绵像王冠一样戴在一排闪亮的茶壶上。紧贴着天花板的地方是纺织品区。这里有连体工装、做好的马裤、婴儿袜，还有粉色的法兰绒制品，都被折叠着挂在系于房梁的绳子上，好像不堪其苦。萨拉·布朗站在三个摞在柜台上的大饼干罐上，认真又带着点虚荣地从这里挑选她的田间工作服。她并不知道她选的衣服整体的上身效果不怎样，因为对着一面六英寸的小镜子，她一次只能看到身体的一个部位。她心里充满了一种简单的喜悦，因为她总是荒谬地被一些小的刺激或明天可能发生的任何变化所感动。她实在不怎么习惯活着这件事，也正因如此，她才这么友善地对待魔法。

"再过六个小时，"她说，"我就要走在去往新生活的路上了。"

六个小时之后，她确实正吹着口哨穿过仙境教区。狗狗大卫跑在她前面的雏菊丛中。在这片动物的乐土上，兔子是永远不会被狗捉到的，但它们给了大卫不少乐子，而且行事总是光明磊落。

大卫·赐福·布朗是只性格独立的、有爱心的狗，他在布朗家度过了一生中大概五分之四的时光。他今年三岁了，虽然不够格入伍，但他一定要在脸部周围和尾巴附近一个对称的心形斑块处穿戴上一些卡其色。对萨拉·布朗来说，他是问题及答案，他的存在是她脑子里永远的休闲时光。她是这么爱他，以至于觉得他周身都笼罩在一层爱的薄雾和喧嚣中。她跟其他任何人都不过是泛泛之交，但她和狗狗大卫之间完全坦诚，没有任何隐瞒。经常，无关紧要的女房东或路人会听到他们俩用一种浓重的萨福克口音交谈，这是他们之间惯有的小幽默。我觉得萨拉·布朗对狗狗大卫的爱已经深得给了他一个灵魂。自然，别的狗不喜欢大卫。大卫说，它们发现了他的中间名是赐福后，就拿这个嘲笑他。他的脸上布满了它们的嘲笑留下的疤痕。但我知道，它们的敌意有比这个更根本的原因。我知道，当人类用天使的语言讲话时，他们会被同类排斥和憎恨。所以我想，当狗离人性太近时，它们也就失去了来自同类的爱。

　　萨拉·布朗对仙境教区也不是一无所知，但她每次还是会被魔法森林的魔法所折服。绿道笔直地穿过森林，笔直得令人难以置信，你走在其中时很容易便能看到路的尽头，那就像绿色天空中的一颗星。在你穿过魔法森林时，你的大脑会被一个梦境俘获。梦就像是对永恒的模拟，于是，你一进入林中的阴影，时间就离你而去了，而当你走出森林时，你好像已经度过了一千个安静的被彻底遗忘的人生。在森林中，钟表和日历毫无意义；四季和时光任性地穿梭其间，不受任何法则约束。就像在风暴肆虐时太阳会使我们人类的森林中某一块地显得金黄，似乎在移动而捉摸不定那样，在魔法森林里，夜晚会像一个碰见了夜晚爱好者的幽灵一样来来去去。在这里，你能从一天的尽头毫不吃惊地一步迈入一天的开始；在这里，夏季与冬季会围着一棵树玩捉迷藏；在这里，你可以一眼看到春天的雾凇和秋日颤抖的风，一树狂野的樱花绽放在褐色的枫树旁。这片森林太深太密，甚至发展出了自己的天空，可以尽情沉醉在自己的冲动和安静的无序状态中。在这里，你会忘掉我们的天空，在那里某个暴君按传统乏味的顺序驱使着驯顺的四季。

我想狗狗大卫也以自己的某种方式共享着那个带领旅行者走过魔法森林的梦。当他和萨拉·布朗通过绿道尽头那饰有流苏的叫作"旅行者的喜悦"的拱门时，他浑身上下都闪耀着冒险精神，尾巴直直地竖着，好像他在假装举着一杆旗帜。

正如理查德所说，在一片巨大的绿色草地中间，突兀地立着一座小山，小山上有一座城堡。城堡上挂着"招租"的标志，看起来缺乏维护。某个商人乘虚而入，在城堡的主塔上贴了一幅巨型广告。这广告得有几英亩大，推销的是某款面霜，画面上是一张大得吓人的女士的脸，本该光洁无瑕的脸被主塔墙体上的铆钉和墙洞搞脏了，使突兀的主塔看起来惨兮兮的。

颜色淡淡的小山下站着一圈橡树，给人的整体印象是火腿旁点缀的欧芹。

在两棵橡树之间，萨拉·布朗按照指示找到了雏菊小径的入口。小路上长满了雏菊，路两边还长着真正的紫罗兰。雏菊看起来都有着一样的脸，但紫罗兰可不是，因为它们的举止很粗鲁。但礼仪当然是一件不值得一提的小事。紫罗兰作为艺术家，想怎么做就怎么做，而雏菊没有自己的个性，自然就没有借口做个怪人。蚱蜢不偏不倚地在雏菊和紫罗兰之间辛劳地穿来穿去。

现在到了森林外面，天气又回来了。与其说这天气很厚道，不如说它看起来让人很有希望。它一整天都在持续给予希望，却一直没解释它给的希望到底是什么，也一直没兑现什么特别的东西。岩灰色的高空中划出了一线线银色的阳光。

在希金斯农场门口，萨拉·布朗见到了一条小龙，这让她有点不安。它缠绕在修剪过的黄杨木拱门旁的一棵树上。这条龙在同类里算不上好看，皮肤是棕绿色的，一只翅膀的尖端不见了。它的脊背上布满锯齿，在两边肩胛之间尤其突出，被激怒或兴奋时可在这儿竖起一个冠。但它这会儿睡着了，阴郁而伤感的脸靠在一只长着鳞的爪子上。

萨拉·布朗正不知道该做什么，狗狗大卫由于失误把这事儿一爪子揽了过来。他刚碰到了一只城堡里的狗，是那种尾巴紧张地摆着，颇为可怜地竭力保持一种想象中的幽默形象的狗。大卫对这条狗最初的滑稽攻击回以友好的俏皮话，然后双方用夸张的姿势互相踩了一两下，就发了疯似的朝不同方向跑开，假装对方在追赶自己。就在这时，大卫被龙的带钩的尾巴给绊倒了。大卫嚎了起来，于是龙醒了。它像根坏掉了的弹簧似的突然绷直了身体。

"老天！"它说，"我竟然又睡着了。我之前在等你，但太阳照在我背上总是让我犯困。我是这里的工头。希金斯打电话说你要来。"

它走在前面带她穿过通向农场的绿色小拱廊。这景象让萨拉·布朗想起在戈尔德斯格林地铁站看着自己刚好错过的列车钻进隧道的情景。她跟了上去。

走到拱廊的另一端，叫作希金斯农场的田野就展现在冒险者眼前了。在一大片耕过的田地中优雅地坐落着几间农舍。除了两堆浅色干草，农舍跟周围的景色非常搭配：外墙上涂着深红色的灰浆，盖着古老的绿色与褐色的茅草屋顶。房屋后面是一小丛中间点缀着蓝铃花的树林，树林与一个果园接壤，果园中一匹小白马和一头红褐色的猪貌似在抢同一株草吃。农场的不同地块是由色调不同的棕色、嫩绿色和深绿色划分的，每块地上都有人。即使是从远处看，这些人看起来也都身材矮小。当萨拉·布朗跟在龙的尾巴后面走近了看时，发现这些工人确实比正常人类都要小。其中个子最高的是个跟在一匹大马后面扶着一架微型犁的男人，他也才到萨拉·布朗的肩膀。他们看起来都没在认真工作，而是各自聚成一小群在闲谈。其中一群人在来者经过时正在交换香烟卡。"我想凑齐我那套英国国王的金色系列，"有个声音悲惨地说，"就没人手里有忏悔者爱德华 ① 吗？"他们都对工头的到来无动于衷。

"恐怕我缺乏管纪律的才能，"龙叹息道，"仙子们当然尤其不喜欢守纪律。尽管如此，我们也没有别的人可以雇了。希金斯不愿意申请要几个被关了的德国人 ②。好好干活吧，你们这些人，快去。你看，他们某种程度上不听我的。自从牧牛人把我泡在饮马池里，我的权威就全没

----

① 忏悔者爱德华（Edward the Confessor，约 1003—1066）是 1042 年至 1066 年在位的英国国王，在 1161 年被教皇封为圣徒。

② 英国在"一战"开始后关押了大量德国人，包括军人和在英德国籍平民；在 1918 年英国农业人手短缺的情况下，大量德国被囚者被征为农业工人。

了——全到了好黑人去的地方①。"

我发现很多人一说到"没了"这个词就忍不住加上关于好黑人的那下半句。这些人的头脑很孱弱，就像一块现成的耕地，里面种着一垄垄陈词滥调。龙一用到"某种程度上"这个措辞，但又不说清楚是到什么程度，我们就知道为什么他没有管理才能了。

"我本来不愿意做这个工作的，"龙继续说着，上气不接下气地在沟沟壑壑的路上绕着走，"但我欠理查德·希金斯很多。你知道吗，我是他的门徒，是他把我从一群喜欢恶作剧的骑士手里救了出来。我记得有个骑士把他的锡皮头盔绑在我的尾巴上，剩下的人则想把他们可恶的矛插进我的鳞里。真的，你懂的，这样做是很危险的。我知道有条龙的眼就是这么被搞瞎的。我不怎么会打架，虽然一次对一个我还勉强可以应付。理查德·希金斯骑着马直接冲到了他们中间，把他们撞得东倒西歪。他把他们好好训了一顿，然后他们就灰溜溜地走了。从那以后，他就把我的福祉视为己任，为我打听了一圈，最后给了我这个工作。我们凑合着就这样过下来了，但恐怕我确实不太适合

----

① "他到了好黑人去的地方"是诞生于十九世纪中期的民谣《老内德叔叔》（"Old Uncle Ned"）中的一句歌词，引申义为"上天堂"，即死了。

这份工作。"

两者走到了一块田地上，这里种着的蚕豆正在白蝴蝶的围绕下享受着纯真的童年。

"如果你不介意的话，"龙害羞地说，"我想请你把这块蚕豆畦中间的杂草锄干净。那个大草垛上靠着一把锄头。这一行是你的工作区，是我专门留给你的。"

其他田垄上都有仙女在工作，她们把裙子卷了起来——因为只有你们这些业余的妇女田间军才穿马裤。仙女们都拿着锄头，但却没怎么在锄地。她们正在唱奇怪又古老的轮唱曲，就像夏天的梦一样；你能听到她们一个接一个地哼着些古怪的词。她们根本没注意到萨拉·布朗，于是她开始工作了。

"啊，我的宝贝，"她对大卫说，"这多有趣呀，难怪她们唱歌呢。谁在这样广阔的田地里工作，都会唱歌的。啊，我甚至记得什罗普郡少年 ① 有次在锄地的时候也开了小差，不知不觉吹起口哨来，直到有只持宿命论观点的乌鸫提醒他，他才恢复了他惯常的悲观心态。"

大卫不太舒服地坐在一棵蚕豆上，抗议着这种新的狂

---

① 这里指的是英国诗人 A.E. 豪斯曼（A. E. Housman，1859—1936）在诗集《什罗普郡少年》（*A Shropshire Lad*）中塑造的忧郁主人公。

热。有那么一会儿，他以为她是在用什么注册了专利的捕鼠工具捉老鼠。他甚至尝试帮帮她，颇为审慎地翻开了一块土，但一闻就发现这根本是徒劳。

萨拉·布朗很开心地锄了好几个小时，然后开始数这一行里还剩多少没锄过的蚕豆，它们正满怀信任地等着她把它们从杂草堆里解救出来。还剩九十六棵，于是她直起身来，像要对一架飞机致意。她现在很喜欢偶尔飞过田地的飞机，因为这给了她一个直起身子看它们的借口。单架的或呈雁阵排布的飞机在仙境的天空太常见了，因此这里的每个人尽管每次自己都会抬头看，心里却暗暗觉得邻近的人太像乡巴佬，太没见过世面，才会抬头看飞机。

我猜，每架飞过仙境的飞机都感到了从地面反射过来的魔法，因为不管它们多么急着赶路，没有一架不在飞过希金斯农场的时候停下来，想表现得帅气一些。你可能会看到一架飞机在飞过魔法森林上空时努力地在云层中攀升，看起来专注于驶向它的目的地。你可能会看到它犹豫了一下，跟自己的责任感作了一下斗争，然后突然开始颤巍巍地画起了一个不鲜明的"8"字。仙境里那些邋遢的秃鼻乌鸦立刻冲上了天空，要给模仿者示范一下正确的做法。无聊的好胜心占据了飞机，它的任务早就被抛到了脑后。它浮夸地飞上飞下一两次，好像在说："快来看，我要耍威风了。"然后它就开始发疯了。它突然冲向想象中的德国敌机，或是倒立着向地面俯冲下来，直到差点碰到地面的蝴蝶，又突然转身向天空飞去。它在天空中写起了草书，还回过头去补上一点一横。它会无礼地在你头上画圈，粗鲁地用它的三色眼睛盯着你看，直到你开始觉得是不是你身上有哪里不对劲。它在一片洋葱田上跳了出去，又一口气从云层的最高处反弹回来。乌鸦们只能沮丧地回巢了。

于是你会看到这架出错的机器突然恢复了理智，在某个疯癫举动的中间突然停了下来。它想起了给了它诞生之机的欧洲大战，想起了在空中一遍遍巡视着等它归队的伙伴们。它的傻气突然就消散了。东方的天空不再是它的高空秋千，而变回了它的高速路。它打起精神，喷出几个谨慎的烟圈，然后就跃出了人们的视线。

每当飞机发疯时，仙女们就表现得粗俗而鲁莽。她们向每架飞机挥舞锄头，用张狂的姿势鼓动它做出更疯狂的举动，还大声尖叫好让它听到。这些仙女和其他参与战时劳动的女士没多大区别。其实，她们唯一的不同也许就是她们的矮个子和她们脸上无知又天真的表情；或许还有她们悦耳的歌声，以及她们喜欢突然在豆畦间跳起乡村舞的习惯。

萨拉·布朗干起活来比周围所有人都卖力得多，很快就超过了她们。尽管心里暗暗有一种与人群反道而行的独行者常有的轻蔑态度，她却还是饶有兴趣地看着她们胡闹，并因此松了一口气，很快也跟她们搭上了话。

可怜的萨拉·布朗确实需要休息一下了，她身体的各种毛病就快要追上她了。她粗重低沉的咳嗽声让她想起了医生的种种警告，他们禁止她从事任何体力劳动。她终生都活在身体一侧疼痛的淫威之下，可以说，现在她能感到那种疼痛脚步沉重地朝她走近了。但还剩七十五棵蚕豆没有锄呢。

她的锄头落地时发出音调高而不准的响声，一下下单调地敲击在她脑中。她手上已经磨出了三个半水疱。

"就让它们起水疱吧，"她不管不顾地说，"既然这一行蚕豆是分给我来锄的，那么就是死神也不能从我手中夺走它。"

她差不多能想象出死神正狡猾地等在最后一棵蚕豆后面。她对事物的尺度完全没有概念。她受够了她的人生计划总是被躯体的孱弱打断，于是不管做什么，她都一定要坚持做到最后，即使要忍受极大的痛苦。她唯一的野心就是不管有多少阻挠，都要把交给她的任务完成，但在这一点上她几乎从没成功过。

还剩七十棵蚕豆。"三个二十再加十，"萨拉·布朗想道，"这又如何呢？也不过就是一生。"[①]她继续努力工作。

一大丛毛茛横亘在她的蚕豆垄上，她犹豫了好一会儿，还是把它们连同抗议着的根从土里拔了出来。这时有什么东西从上面掉了下来。

"啊，是个鸟巢，"她倒抽了一口气，"看啊，我锄掉了一个鸟巢。"

"我的天哪！"一个仙女惊呼道，"看她都做了些什么啊。那是克莱门特的巢，可怜的家伙，他今年二月才结的婚。姑娘们，克莱门特的半独立屋就这么被毁了。"

每条蚕豆垄上都传来惊愕的叫声。

克莱门特的巢事实上比半独立屋更独立一点。它其实只是轻轻地架在两根毛茛茎之间。巢里的两颗蛋掉了出来，其中一颗碎了。萨拉·布朗伤心极了。

"我真是个白痴。"她说道，同时绝望地尝试把巢安回去，"克莱门特不会回来了吗？"

"克莱门特太太不会回来了，"离她最近的仙女说，

① "三个二十再加十"，指《圣经》中对人的一生寿命的通常估计，即七十年。见《圣经·诗篇》(和合本)："我们一生的年日是七十岁 (threescore years and ten)。若是强壮可到八十岁。但其中所矜夸的，不过是劳苦愁烦。转眼成空，我们便如飞而去。"

"她对家的神圣地位特别在意。她现在肯定要离婚了。"

"啊，可怜的克莱门特，可怜的克莱门特，"萨拉·布朗说，"他会伤心欲绝吗？"

"他在那儿呢，"仙女说着指了指空中，"他正看着你呢，你现在听到的就是克莱门特的声音。"

"这就是克莱门特的声音？"萨拉·布朗惊讶地叫道，"是他在这么唱歌吗？听起来他可是很开心呀。"

"很开心？"仙女嘲笑道，"他家的人只有伤心的时候才会这么唱歌。你竟然说他很开心！你难道听不出他的悲伤吗？"

萨拉·布朗绝望了，只能小心翼翼地把巢放在一棵蚕豆下，又把没有碎的那颗蛋放了回去。

她痛苦地沉默了一会儿，忙了一阵，然后说道："你是要告诉我，雪莱的那首关于云雀的诗① 可能完全搞错了吗？你知道的，他说云雀是欢乐的精灵，因为它在歌唱。你觉得它不是在快乐地歌唱吗？"

"当然不是了。"仙女答道，"我不知道那首诗里具体的情况是怎样的，但毫无疑问，你的朋友雪莱在写那首诗

----

① 应指雪莱的《致云雀》。

的时候，肯定从头到尾都踩在那只可怜的小鸟的巢上。”

萨拉·布朗深深地叹了口气，继续锄起地来。

还剩五十棵蚕豆。

她现在一点也不觉得这是美好的一天了。疼痛是个能把太阳都熄灭的灭火器。她也无法享受鸟儿的歌唱了。鸽子的声音现在听起来就像毫无美感的假嗓子的号叫。杜鹃反反复复只唱一首歌，也叫她恼火。她努力不跟着歌的节奏锄地，但还是被这单调的曲子攫住了。她的那行蚕豆在她面前像要铺满整个世界一样伸展，好像她每看一次，蚕豆垄的尽头就后退一点。每次她挥起锄头，疼痛的利刃就击破了她的防备。

狗狗大卫受不了她对完成任务的古怪执念，这会儿已经抛弃了她。她能从土豆田里一道移动的细浪中分辨出狗的运动方向，那就像鲨鱼在海面上划过的线。

还剩四十棵蚕豆。

时间在户外有一种奇异的面貌。在太阳之下，时间好像是静止的。只有当每一分钟都是一种对身体的折磨时，你才会发现原来一个小时里真的有六十分钟，而且下一个小时并不比这个小时更接近黄昏。受钟表支配的室内工作者们从来没有跟时间正面交锋过。他们的秒针在打字机的哒哒声中走得飞快，当打字机静下来时，他们的一天也结束了。我们这些在户外工作的人，每天都在跟永恒作斗争，其间只有我们的手是忙碌的；我们的头脑在日出和日落之间可能已经变老又再度年轻；未来可能在一个小时中被重写，乌鸫的一首歌还没唱完，希望可能就被杀死又重生过了。我们确切地知道一天有多长。在几个月漫长的煎熬后，我们因为许多的沉默和许多的惊奇而苍老困惑，回到坐在办公室的朋友身边时却发现他们完全没有变化，只一脸单纯地从时间的表面滑过。

萨拉·布朗扔下锄头，跪在了地上。

"我锄不动了，"她说，"还剩二十五棵蚕豆，但我实在锄不动了。"

"那为什么要锄呢？"旁边的仙女冷漠地说，"我们要是偷懒，工头也发现不了。我们总是偷懒。"

"我说过我要锄完这行豆，"萨拉·布朗说，"但我被诅咒了。知道一个人的能力有限也是好的。"

即使身处困境，她也还是喜欢说些陈词滥调。

"我建议你去吃午饭，"另一个仙女说，"不过我刚才经过的时候把你的三明治吃了。但瓶子里的柠檬汁我给你留了点。去树下把它喝了吧。"

"我动不了了。"萨拉·布朗说。

"那就坐着吧。"仙女们说。她们继续往前走，但只是轻轻扒了扒垄上的杂草，并没有把它们连根锄掉。仙女从不会生病。她们的身体是永恒的，但她们没有灵魂。如果她们看到你在受苦，她们只会觉得你在炫耀你的高贵以及你永恒的灵魂。

龙来到了地里。"锄得不错，"他草草地看了看萨拉·布朗的这行豆，"比别的豆垄好多了。在吃午饭了吗？你做得很对。"

他根本没注意到那还没有锄的二十五棵蚕豆。

萨拉·布朗在一片绿荫的边缘坐下，面前是装点着毛茛的大片阳光的海洋。大卫·赐福走过来依偎在她身边。他一开始是出于好意，匆匆忙忙在她脸上亲了一下，然后就开始亲吻装三明治的袋子。

萨拉·布朗开始想象她能不能用锄头割断自己的脖子。

"在头脑清楚时选择自杀，"她说道，"因为清楚的头脑受够了自己虚弱的身体。"

如果她坐着一动不动，身子直挺挺的，疼痛还稍微可以忍受。但哪怕只是想到动一下，痛苦的泪水就涌了出来。她努力不去想身体上的痛苦，让大脑沉浸在一片温热的思绪中。她不是什么思想家，但她经常想思考这件事，而且很热衷于旁观自己的大脑运作。思考对她来说就像是睡眠，她深深地沉入其中，却并没有获得什么深刻的结论；她的思考只带来一些无用的梦，以及与自我的一种反叛的、令人欣慰的亲密接触。

她想到了理查德，并且希望自己能把祝福埋进为他锄的每棵蚕豆里。她模糊地意识到，想到他对她来说是件美好的事，而且她并不为此感到惊讶。她脑中想不起他长什么样，因为她总是忘掉现实，只记得梦。她也记不起他说话的声音，或者是他说过的任何一句话。但她仍能感受到与他相遇的魔幻感，开始梦想起所有那些在他们俩之间本可以发生，或者还有待发生，却从来不可能真正发生的事。所有她能记起的美好的事全都只发生在她的梦里。她的想象力在任何一段经历的开始刚小尝了一口，就开始幻想出各种荒诞而令人心满意足的蜜糖，这令醒着的萨拉·布朗无限渴望，却永远得不到满足。但根本没有什么醒着的萨拉·布朗。她的人生只是一场梦游。她只在很少的时间里醒来一下，接着便惭愧地发现除了她，周围的世界都这么清醒。

她就这么想着理查德。当然，那不是真正的理查德，只是她脑子中幻想出的某个模糊的私人版理查德。

骑着白马出现的理查德一时间看起来就像是她的梦境的延伸。直到她意识到他正踏过她的蚕豆垄并毁掉了她的部分劳动成果，她才突然从梦中惊醒，在针刺一般的疼痛中喘不过气来。

　　这会儿下午的时光似乎已经完全占领了这片土地。魔法森林这时显现出一种鲜活跃动的蓝色，而她上次注意它时，它还在正午的阳光下闪着绿光。

　　所有的工人一看理查德来了，都装模作样地认真工作起来，在他们各自的田垄上像发夹一样弯起了腰。龙紧张地滑行在白马后面，它身上的每根锯齿都在表达着它可怜地希望一切都往好的方向发展。

　　"我不知道她为什么坐在这儿享清闲，"萨拉·布朗听到它用夹杂着呼吸声的可怜嗓音说，"我刚才离开的时候，她还在努力工作。他们都是这样，我一转身就开始偷懒。我的尾巴上也得长着眼睛才行。"

　　"你在遭受利华休姆式六小时工作制①这一类想法的困扰吗？"理查德走过来，用一种礼貌的语气问萨拉·布朗，好像在推销某种专治消化不良的药，"我觉得今天的工人这么容易接受新东西，思想这么先进，真是令人赞叹。"

　　"我正在思考自杀。"萨拉·布朗虚弱而诚实地回答，

---

① 英国实业家、利华兄弟公司创始人利华休姆子爵（William Hesketh Lever, 1st Viscount Leverhulme, 1851—1925）曾在 1918 年发表文章论证六小时工作制的可行性。

"在你的好田地上，我是条受苦又无用的寄生虫。不过我的锄头太钝了。"

"我有把便携刀，带三个刀片，我可以借给你用。"理查德说着开始摸索他的各个口袋，"或者，你想不想试用一下今天早上我刮胡子时想出来的一个巧妙的小魔法？我想任何一个受苦的人都会觉得它有用的。"

"啊，快给我，快给我。"萨拉·布朗说。

疼痛就像海浪一样兜头向她浇下来，把她从树荫下安全的岸边卷走，推向滚烫的令人窒息的不安之海。她的眼睛干干的，好像发烧了一样。每次她闭上眼睛，眼前的黑暗中便出现一堆令人作呕的蓝色方块浮现在芥末色的背景上。蚕豆的气味让人无法忍受。

理查德笨拙地掏出了一个胡乱包在报纸里的东西，同时试图在马裤上划着一根火柴，却没有成功。他好像从没学会那些大多数人在成年之前就会的处理生活细节的小技巧。他做什么事都好像是第一次做一样。

"我只有《早报》可以用来包它，"他嘟囔道，"恐怕这会有点污染到魔法。"

最后还是龙提供了点火服务。它像一个笨手笨脚的人满怀同情地替另一个笨手笨脚的人着急一样看了理查德一会儿，说道："让我来吧。"然后它好心地吐出了一小团火焰，点着了那个纸包。

灰烬从理查德的手中掉落在蚕豆上，一线细细的紫烟升了起来。

萨拉·布朗闻到了魔法那股绝无可能认错的酸味，看到无声的话语在摇动着理查德小小的棕色八字胡。然后，她就发现自己消失了。

她从没试过这样。以前，她总是在场来骚扰和打断她自己。以前，她只能通过我们称为眼睛的呆滞的窥视孔向外看，而她的日常自我固执地相信它真的能看见世界，但其实根本从未见过世界。现在，她当然终于明白了什么叫看见，而且有生以来第一次看到了事物的真实大小。可怜的人类用自己的脚丈量他的世界。他自鸣得意地看着自己的靴子在泥地里压出的印记，发现被他踩死的蚂蚁比自己的脚小多了，于是判定蚂蚁不重要。他也注意到他的双脚不大可能在合理的时间内把他带到月亮上，于是月亮对他来说也不重要。

但萨拉·布朗已经消失了，所以她无法丈量任何事物。在她看来，蜘蛛在小山间大步穿行，风吹拂过它背上的毛；蓝天不过是一顶灯罩，被夹在大地上来遮挡来自众神的强光，而在此之上不过是一个永恒的屋顶，上面布满了上亿个由星星构成的小孔，来保持房屋的通风。

萨拉·布朗愉快地享受了一会儿做神的感觉。她哪里都不在，却又无处不在。她能清楚地数出大卫脑袋上的毛。世界就像一朵在一缕细细的紫烟上摇摆晃动的花……

她的眼睛又能看到了。她意识到理查德那双凹陷的疲乏的眼睛正注视着她。龙再次出现在她的视野中，它正好奇地关注着她的变化，同时假装在旁边的豆垄上拔除杂草。

地平线上挂着浓厚的锈色落霞。田地上充满了暮色，一个仙女也不见了。

萨拉·布朗突然变回了她自己。她惊讶地发现，她正在对理查德说些不可能出自她口中的话。大卫的下巴倚在她手上。她的身体一侧感觉好像冻住了一样，似乎很危险，但不再疼痛了。

"还是不太见效，"理查德说，"恐怕我不该用报纸来包。这种强度的魔法本该让你在三分钟内就跳起舞来。让我用我的马儿送你回家吧。他叫薇薇安。"

马儿薇薇安浑身雪白，白得似乎能在暮色中发出荧光，这会儿更是被胸口的一点红光和尾巴上的一点绿光所照亮。理查德很喜欢安排这些华而不实的细节，却懒得掌握那些更平常的技能。

萨拉·布朗体重很轻，理查德扶着她跨上了马儿薇薇安，他自己走在她身边。龙点头跟他们说再见，然后就回了自己家。它的家显然是个专门为它而建的低矮的管道状谷仓，两头各有一个门，在合适的位置还有个烟囱，方便它自己喷火做饭而不至于闷死自己。

萨拉·布朗再也没见过这条龙，但在她的记忆中它永远是那个糊涂的形象，悲惨地错生了时代。可以说，它是只上帝没有用更温柔的风对待的剃了毛的羔羊①。

骑在高高的马上跟走在身旁的理查德一起穿过魔法森林回家，这是萨拉·布朗人生中最完美的一刻。

魔法森林实际上就是无数个梦的聚合体。对每一个通过它的旅人，它收取的通行费就是一个梦。作为收据，它会给予每个旅人一个美好的回忆，这是无论死亡、地狱还是天堂都无法抹去的记忆。

萨拉·布朗知道她的梦和理查德的梦永远不可能相交。她清楚地知道，他们一起回家的路上理查德心里想的是另外一个人。但她习惯了独居，她可以享受孤单一人的浪漫，从不会嫉妒那些真正的女人，她们的浪漫永远要包含两个人。她并不是个真正的女人，她太不在乎身体体验

---

① 这里化用了英语谚语"上帝会用更柔的风对待剃了毛的羔羊"（God tempers the wind to the shorn lamb）。

了。尽管听起来很奇怪，但对她来说，理查德扶她坐上马背时那友善、笨拙又心不在焉的触碰是这段魔法旅程中唯一的败笔。她受不了别人的触碰。她既不想看到，也不想触碰到那些包裹着男男女女的皮肤和衣服。她讨厌看别人进食，也讨厌看到镜子中自己瘦瘦的身体。她实在应该投生为一棵白杨树，赋予她人类的身体实属浪费。

他们走在绿道中时，马儿薇薇安脖子上发出的红光好像是走在他们前面草地上的前导幽灵。蝙蝠们在他们头上一次飞个几米，然后好像被绳子牵走或被良心唤醒似的突然离开了。接往仙境教区邮局的电报线穿过了魔法森林，它们的杆子在微光的照射下好像高高的十字架。在远远的森林尽头是手套岛的灯光。

"你知道吗，"理查德说——可悲的是，年轻男人确实会在充满魔法的安静时刻说这类话——"如果这片森林中的所有魔法都被收集起来，压缩成液体形态，就足够让战争立刻停止。"

"我的天哪！"萨拉·布朗说，"立刻停止？"

"是的，立刻停止。"

"天哪！"萨拉·布朗又说。

"魔法的力量还远没有被彻底估量过。"理查德说。

"我以为战争是由黑魔法挑起的。"萨拉·布朗试探性地说。她想表现得像个聪明人，但同时又忠于自己此刻的想法。

"你想什么呢？当然不是了，"理查说，"这场战争最糟糕之处在于它跟魔法一点关系都没有。它是由那些已经忘记了魔法的人挑起并维系的，这是魔法的效力发挥殆尽的结果。你难道没注意到吗？在上个世纪开始时，魔法的效力走到了尽头。天哪，难道就没有一个人发现维多利亚时代缺少些什么东西吗？"

"一定有什么东西跟着济慈和雪莱一起死了。"萨拉·布朗叹息道。

"呃，我不太懂书。"理查德说，"你知道吗，我不识字。但显然上个世纪的问题在于它不相信仙女。"

"那么这个世纪相信仙女吗？如果魔法的效力已经耗尽，为什么我们现在还有这么多魔法呢？"

"这个世纪知道它并不是无所不知。"理查德说，"至于魔法嘛——我们现在开启了一种新的魔法。这就是这场战争的离奇之处。它的根源是这么令人恶心、难以想象、缺乏魔法，于是快要死掉的魔法又重生来面对这场战争。一个世界变得越糟糕，就会有越多的魔法产生来拯救它。魔法只会在缺乏激情的世界死去。我想，今天世界上的魔法比以往任何时候都要多。法国的每一寸土地上都充满了魔法。至于比利时——等比利时最终回家时，她会发现她被玷污的房子里充满了魔法……魔法也充满了世界上所有那些战士最后一次跨过去的门槛；他们永远不会再跨过那些门槛，除非是在他们朋友的梦里。这种简单隐秘的魔法，就像一个所有人心里都知道但从不说出口的词，差不多是现在唯一剩下的能让这个世界继续活下去的东西了……"

他们在魔法森林中走得越深，理查德就越来越不像个普通人，而越来越像个巫师了。他在这里说的话如果是在皮卡迪利大街的一家餐馆里说的，即使是在三杯香槟下肚后，也会让他尴尬不已。因此，尽管魔法森林的边界据说正在扩张，我们也希望它最好不要扩张到仙境教区以外。如果魔法树在河岸街上生根发芽了，那该怎么办呀？想一想，如果证券交易所被魔法橡树的阴影所覆盖，所有好商人存放灵魂的金属箱子就会被魔法消耗，这会是怎样的灾难性后果。

让萨拉·布朗感到有趣的巧合是，他们刚说到死去的济慈，就看到了活生生的济慈。他们看到他模糊脆弱的幽灵在森林中一条昏暗的小径上倚靠一棵树蹲着，以不自然的姿势弯曲着身体，好像正处于忘却了痛苦而充满热情的专注状态。他们看到的是他最美好的时刻，一个没有死亡的时刻。因为他正困在一个完美的魔法中；他彻底地陷入了夜莺回环魅惑的歌声。这首歌就像被打磨过的金线。萨拉·布朗这辈子再也没有用自己不济的嗓音亵渎过这些因完美的歌手与完美的歌结合才诞下的词句。但在不幸中，在那些可怖的夜里，她总是会想起这首歌……

旅人们快要走到绿道的尽头了，但这对萨拉·布朗来说没有什么，因为这一路上她什么都不缺。

"亲爱的——"理查德用一种高亢的声音说道，但突然，在绿道尽头对面，手套岛上方，探照灯光斜射过来，打破了这一刻的魔法。

"抱歉，"理查德说，"我以为我在跟我的真爱说话。"

"很遗憾你不是，"萨拉·布朗说，这时他们正走出魔法森林，"我的意思是，遗憾的是你只是在跟我说话。"

第八章　令人遗憾的周三

　　"这真是件怪事啊，"区长下午三点钟见到女巫时说，当时女巫已经在不为人知的水仙花丛中睡了近十二个小时，正沿着宽道朝肯辛顿区走去，"这真是件怪事。我五年也不会来这片区域一次，结果我一来就碰到了我心里正想着的人。"他说着朝她眨了眨眼。

　　"这简直就像魔法，不是吗？"女巫忙着眨眼回应。

　　"呃，我做了你让我做的事。"区长说。

　　"那是什么事？"

　　"你总是喜欢开玩笑，"他宽厚地回答道，"你就装你不知道吧。我做了那天你带着猫来到委员会时告诉我的事。我反反复复思考了你的话——我不是个骄傲的人，不会对别人的建议充耳不闻——我承认你说的关于赚钱的话很有道理。我好像从没想过赚钱可能不是做生意的第一要义。老实告诉你，我一直觉得我没在布朗区卖假货，简直是个大圣人了，因为——老天——布朗区的人什么都咽得下去。你的生意不同，你的店开在更高级的地方，我想价钱高一点是完全合理的。趁着有太阳就多晒干草，这是我的人生格言；我跟自己说，没道理这场战争要让所有人都不幸啊。至于你说的，把杂货店生意看作上帝交给我的任务，我确实根本没这么想过，虽然我十年来一直都定期上教堂。但我现在明白了，你说的很对，而且我认真思考过了，确实没必要晒那么多干草，不管有多少太阳。你这么说了之后，我发现我的确不知道为什么一定要赚那么多钱，我已经赚得够多了。好吧，我静下来仔细想了想之后，对自己说，就像你说的，我献出自己的一生，付出所有快乐的日子和假期，但我根本不知道是为了什么。如果是为了钱，那只是银行里浸在自己的汁水里的钱，并不是我能花的钱。但我想我们每个人一直都是这么被教育的。不管怎样，我很感谢你能说得这么委婉、这么巧妙，那些做慈善的女士根本没听出一点不对劲的。我很欣赏这一点，也更加赞同你说的了。我可不是个骄傲的人。"

"你足够骄傲了，"女巫说，"你真是个可爱的人。如果我能在生意上帮上忙，尽管告诉我。比如，如果你想搞一搞贩卖幸福的副业，我可以给你点建议，告诉你哪里能大批进货但不超出限额。这在布朗区会像野火燎原一样流行起来，如果你每笔生意都掺一点进去的话，当然，得是随订单免费赠送的。"

"你可真爱开玩笑，"区长嘟囔道，"但我喜欢你这样。我是个从来不会对玩笑生气的人。我们一起去逛逛吧。"

"不去，"女巫说，"我饿坏了，我的肋骨都要塌陷了。我必须吃点香肠、土豆泥和两个苹果布丁。"

很快，他们就坐在一家注气面包公司茶室①的大理石饰面餐桌旁了。过了不能说是很快的一段时间后，香肠和土豆泥出现了。女巫粗鲁地朝正被端上桌的菜挥舞着叉子。

"土豆泥是很好的雕塑材料，"女巫说，她正以艺术家的漫不经心在自己的盘子上建起作品的地基，"这会是建在玻璃海的岩石上的一座象牙城堡。香肠是守卫它的龙，这一小块面包屑就是被囚禁其中的公主，她是个无趣但很优秀的人——"

"听我说，沃特金斯小姐，"区长打断了她，"我一般

----

① 注气面包公司（Aerated Bread Company，缩写为 A. B. C.）是约翰·道格利什医生（John Dauglish）于 1862 年在伦敦创办的面包公司，采用专利的注气而非发酵技术生产面包，同时经营连锁自助茶室提供廉价餐饮，在十九世纪末二十世纪初是英国餐饮业巨头，后于 1955 年被收购，逐渐退出历史舞台。

不是个冲动的人，我也不想吓到你——"

"你说的吓到我是什么意思？"女巫问，"你一点也没吓到我。但事实上，我一向不是个适合结婚的人，所以谢谢你的好意。我很不会收拾屋子，而且我真的很享受没钱。"

"啊，那我真是交了好运，"区长叫道，"你真是个女巫，我必须说。"他伸出香肠似的大手放在了她手上。"但你知道吗，我是不会轻易放弃的。自你一走进那间旧委员会办公室，我就发现你的与众不同了，我们俩之间有某种相似之处。我说的不是我们俩在做同样的生意。不知怎的——啊，算了吧，让我们离开这里，找辆出租车吧。我不是个很会接吻的男人，但是——"

他似乎喜欢用否定词来形容自己。如果他没表达清楚他到底是什么，或者他到底不是什么，这也不能算他的错。

"说到接吻，"女巫打断他说，"我经常会想，如果两只沙锥 ① 想接吻，它们该怎么办呢？它们得分开非常远才行，不是吗。或者——"

---

① 沙锥是一种喙很细长的小鸟。

"别说这些了，"区长有点恼火地说，"我们离开这里怎么样——"

"你不觉得这一幕开始变得惹人生厌了吗？"女巫说，"有点太甜腻了，你不觉得吗？我希望苹果布丁能快点上。"

"喂，小姐，"区长很不客气地对身边像旋风一样飘过去的服务员说，"布丁快点上。"

"布丁快点上。"旋风一般的服务员对着墙上的一个小洞重复道。

女巫脑中出现了这样一幅滑稽的画面：两个垂头丧气的布丁就像拖拉的合唱团女孩，因为担心没时间装扮好而心急火燎；这时，空中无情地传来了唤她们出场的冰冷声音，于是她们绝望地赶紧往不精致的脸上补上最后一点面粉。但当布丁最终被端上桌时，女巫发现她没什么可抱怨的。她专心致志地吃了起来。

"好，好，"她放下叉子和勺子时说道，"这挺不错的。能被人求婚，我觉得我真是成熟起来了。现在如果那些真正的女孩问我被求婚过多少次，我就能说我被求婚过一次了。但前几天我碰见了一个被求婚过六次的女孩。她有六张照片，但她把它们叫作'战利品'。如果你能给我一张你的照片，我也可以把它标记为'战利品'，然后挂在店里。这样看起来会很成熟，不是吗？"

"你就开你的玩笑吧，"区长用空洞的嗓音说，"我从没见过你这样拿人取乐的女孩。我看你根本就没有心。"

他说的当然是对的。心是上天颁布给那些通过了某种考试的人的一种学位。魔法人士在我们的大学里还只是一年级新生，我们没有必要去嘲讽他们——我们已经拥有了那么多学术头衔。他们或早或晚总会学得处世之道的。

"你说的心是什么意思？"于是女巫问道，"我肚子还是饿得很，不知道这跟你说的心有没有关系。告诉你我的计划吧，今天是周三，我们去拜访福特小姐吧，她那里说不定有蔬菜三明治呢。"

当女巫和区长走进福特小姐那整洁漂亮的套房时，房间里突然刮起了一阵恼人的冷风。前一天晚上和当天上午的平静天气突然被一扫而空，肯辛顿区起了一两阵飞沙走石的冷风，把正在肯辛顿花园里玩耍的孩子们早早赶回了家，而商业街上那些盯着橱窗看的行人都警惕地把手指移到了雨伞开关上。

但雨并没有落下。在这本关于好天气的书里，雨是不可能落下来的。

入侵了福特小姐家里的冷风吹乱了五个人的整齐头发，他们是福特小姐本人、阿拉贝尔·希金斯夫人、艾薇·麦克比小姐、伯纳德·托维先生和达恩比·弗里尔先生。

麦克比小姐永远都像坐在针毡上，不管她的椅子有多舒服。她那斯巴达式的笔直脊背从来不会大大方方地靠上坐垫的曲线。她有着顺滑的垫高了的头发和圆滑而虚伪的举止，一副厚厚的夹鼻眼镜把她的眼放大得像牛眼。大多数人，尤其是大多数女人，一看到她就发自内心地为她感到遗憾，因为她看起来总是有一点聪明，却很不自在。

伯纳德·托维先生是个鼻子钝钝、满脸笑容的人。他开口说话的时候总是会突然往前探出身子，于是就有一缕头发跳进他的右眼。他总是心悦诚服地同意任何别人跟他说的话，那些和他说过话的人心里都留下一种愉悦的印象，好像自己说了什么特别了不起的东西。他的这个习惯，再加上他从不主动发表评论的作风，给他营造了肯辛顿区最善谈的人的好名声。

达恩比·弗里尔先生是一家新潮的宗教报纸《我困惑》的编辑，可他从不感到困惑。他知道几乎所有事情，所以，尽管他鄙视几乎什么都不知道的公众，却鼓励公众继续困惑下去，这样他就能继续鄙视和教导公众了。

现在，几乎是史无前例的一件事发生了：两个小商贩阶层的人走进了福特小姐的会客厅，而且还是在周三。这间会客厅所见证过的最大程度的阶层交汇，就出现在福特小姐问装电灯的工人他对这次战争有什么看法的时候。电工的回答在后面的两三次周三聚会中都被福特小姐用方言原封不动地引用，以印证福特小姐是个勇于结交另一个阶层的人民的人。事实上，如果福特小姐直接从这些话的初始来源，即《约翰·布尔》①杂志这本电工的《圣经》上引用它们，那会简单得多，虽然这样自然就没法为聚会增色了。

女巫和区长的到来在某种程度上制造了一个危机，但福特小姐保持了镇定。她的三个朋友虽然立刻就注意到了这个情况的不同寻常，也没有放任自己陷入惊慌。

"哇哦，哇哦，"区长环视四周，粗声大气地说，"这小屋子还挺舒服的嘛。"

他一点也不镇定自若，但作为一名商人，而且是一个不喜形于色的人，他成功地掩饰了自己的紧张。

事实上，带他们上来的电梯碰巧是那种不容易出故障，并任由公众自行操作的电梯。区长把这一事实看作眷

----

① 《约翰·布尔》(John Bull) 是二十世纪早期英国一份面向大众的周刊，在"一战"期间持民粹主义立场，销量激增。约翰·布尔是大众文化中英国的拟人化形象，类似于美国的"山姆大叔"形象。

顾他的爱神的特意安排，于是，当他们在黑暗的电梯井里上升时，他试图趁机亲吻女巫。如果我提醒你，这时女巫身边还陪伴着扫帚哈罗德这个忠实得没有理智的家伙，那么后面发生了什么就不用我细说了。区长走出电梯时，刮伤的脸还刺痛着，如果他还剩几根头发的话，那几根头发都会直立起来。结果是，电梯停下时，他正咒骂着从地上捡起帽子。女巫立刻就按响了福特小姐家的门铃，区长下意识地跟着她也进了门。

女巫在大厅里四处看了看，友善地笑着说："恐怕哈罗德有时候是有点易怒。我经常告诉他要数到十再冲出去，但他总是忘记。他伤到你了吗？"

恐怕愤怒的区长没想到哈罗德会有这种主动出击的本事。

"接吻真是个好玩的习惯，不是吗？"女巫跟福特小姐握手时轻快地说，"我好奇到底是谁在一开始决定了哪种形式的接触要表示哪种形式的感情。我好奇——"

她打断了自己，因为她的眼睛发现了福特小姐身旁用柳条编制的埃菲尔铁塔式茶点架第三层上的绿色三明治。"啊，这太棒了。"她说，"你知道吗，过去的两天我只吃了两顿饭。"

在场的人没有一个曾吃不上饭，所以这句话对每个人来说都不啻天外之音。

"你一定要告诉我们你经历过什么，沃特金斯小姐。"福特小姐说着把女巫引到了壁炉旁的椅子，但女巫突然盘腿坐在了炉前地毯上，把尴尬的女主人晾在了一边，后者身子硬邦邦地立在那儿。

女巫在沉默的喜悦中吃完了一个三明治，然后说道："你说的经历是什么意思？我昨天晚上在天上跟一个德国人说话，这算是经历吗？"

"昨晚的天空毫无疑问不是淑女应该待的地方。"弗里尔先生用干巴巴的愉快调子说。

"啊，我知道她是什么意思，"麦克比小姐真诚地说，"我昨天晚上也在天上——"

"我的天哪！"女巫惊叫道，"但是——"

"是的，我确实在。"麦克比小姐坚持说道，"我躺在地窖里的吊床上，闭上眼，放松我的精神，于是我的灵魂就像被释放的云雀一样飞到了天上。没错，我的灵魂，它摆脱了肉体的束缚，穿着闪亮的盔甲，跟虚伪残酷的杀人犯们作战。"

"我可没有闪亮的盔甲，"女巫叹息道，她看起来有点困惑，"但我跟一个飞过来的德国女巫大战了一番。我们打呀打，直到双双从扫帚上掉下来。她引用《每日邮报》

上的话来骂我，后来从一个洞掉了下去，在圣保罗大教堂的十字架上摔断了背。"

这回轮到麦克比小姐困惑不已了。但她对福特小姐说："我亲爱的，你给我们带来了货真价实的神秘人士。"

弗里尔先生虽然嘟囔着表示赞许，却往后倾了倾身子，脸上现出那种尽管在饶有兴趣地听骗子们讲话却要坚定地假装不信的暧昧表情。

"你说的神秘人士是什么意思？"女巫问。"我想我没表达清楚。抱歉，"她对福特小姐补充道，"对外面来的人来说，这间屋子闻起来太聪明了。你不介意我跳一小会儿舞让空气流动起来吧？"

"不介意，我们非常荣幸。"福特小姐大方地说，"需要我为你伴奏吗？"

女巫没有回答。她站了起来，同时把一个白色小纸袋扔进了炉火。她围着沙发和椅子们起舞。地板震动了一下，所有的观众都表情严肃地随着她的动作扭动脖子，就像一群蜥蜴在盯着一只飞舞的苍蝇。

女仆出现在门口，压低声音宣告有访客到来，吸引了大家的注意力，虽然她并没有打断女巫的舞蹈。

一个看起来很体面的男人走了进来。达恩比·弗里尔作为亨利·詹姆斯作品的研究者，很喜欢就跟他毫不相关的事展开丰富的猜想，但不像詹姆斯先生，他的猜想全是错的，于是他会立刻就忘了它们。这会儿，他猜这位来者是某个商场的大堂经理，或者是东南与查塔姆铁路公司的检票员，但他肯定是个不从国教的教徒。

无论如何，这个陌生人看起来很不自在，尤其是被跳舞的女巫搅得很不安。

福特小姐这时总算意识到，她的周三聚会已经因为某些原因失控了。她已经丧失了对这架一向体面的马车的掌控；现在，她做什么也没法补救了，只能抓紧缰绳，保持镇静。

于是，她隐藏了自己其实不知道来者是谁的事实。她抿紧嘴唇，动作镇定地又倒了一杯茶。陌生人接过茶杯时松了口气，说道："谢谢你，女士。"

女巫停了下来，站在新来者的椅子前。

"我猜你的工作肯定挺让人沮丧的，"她对他说，"你因为别人做了你也想做的事而惩罚他们。啊，这真是令人沮丧。自打战争开始，我脑子里就一直有个小小的疑问，请给我解答一下。我听说兴登堡①说德国军队一扫除面前

······

① 保罗·冯·兴登堡（Paul von Hindenburg，1847—1934）在"一战"期间担任德国陆军元帅。

的障碍，就要进军伦敦。你考虑过这么做会让我们的交通瘫痪成什么样吗？因为你知道的，德国人原则上总要靠着街道错误的那边走——事实上全世界的人都是这样，除了凭良心办事的英国人。想一想，如果十万个德国佬在街道上错误的一侧踢正步，那会给英格兰银行附近的道路造成多大的交通拥堵啊——想一想窄得可怜的舰队街，还有皮卡迪利广场肯定会出现的大拥堵。你们警察打算怎么办呢？"

"我不确定我对此有答案，小姐。"新来的人冷冷地说。"我早就不在路上站岗了。我是个便衣警察，女士。"他对福特小姐说，"抱歉，我打扰了你们的茶会，这都是因为你的女仆误解了我的来意。但既然我已经进来了，请允许我说明我此行的目的。"

"啊，当然，当然。"福特小姐说。她正眼神空洞地盯着炉火看。一缕奇特的淡紫色烟正从那个白色小纸袋的灰烬中蜿蜒升起。

"布朗区区长，梅塔·莫斯廷·福特小姐，以及阿·希金斯夫人——我从女仆处了解到的这些人现在都在场——据信你们可能愿意为我们提供一些信息，以便我们搜寻一名可疑人士。据信此人在上周六闯入了一个你们都出席了的慈善工作会议，当时此人刚刚在一个面包师赫尔曼·施瓦布那里犯了一小桩盗窃案，正在逃避追捕。现在，此人面临一项更严重的控诉，即违反《国土防卫法》而持有一件武装飞行器，并在敌军进攻期间妨碍皇家部队作战。据信此人是一个男扮女装者，但到目前为止，调查仍没法给出此人具体的特征描述。女士们、先生们，我相信你们能就此事协助执法机关。"

屋子里的人都震惊了，一片寂静中只有女巫平静地吃蔬菜三明治的声音。过了一会儿，福特小姐、区长和阿拉贝尔夫人突然同时开始说话，然后每个人又立刻停下，因为意识到总算有别人愿意负责答话而松了口气。

随后，嘴里塞满了食物的女巫说："你知道的——"但阿拉贝尔夫人打断了她。

"亲爱的安杰拉，请安静会儿。这不关你的事。当然，警察先生，我们都非常愿意协助执法机关，但你得说清楚具体是怎么一回事。我们的委员会要面对那么多申请者。"

"我想你是阿·希金斯夫人。"警察面无表情地说，"好吧，夫人，可否请你回答，你是否知道昨晚九点四十五分，敌方来袭的警报发出后，有人看见这个涉案人员从你的房子里出来，而后乘着一架型号和编号未知的重于空气的小型机器从东边消失？"

壁炉里奇怪的烟在增多。它们像笑声一样颤抖，像卷发一样飘进了烟囱里。

"我昨晚确实办了一个晚宴。"阿拉贝尔夫人结结巴巴地说。她织着袜子的手颤抖着。她已经织过了袜子后跟处，但这会儿在紧张中她完全忘了袜头这回事。这只已经过长的袜子每分钟都越长越像中间拐了个弯的排水管。"没错，我确实办了个晚宴。我为什么不能办呢？我的儿子理查德是伦敦步枪队的二等兵，这位年轻的女士，安杰拉小姐——呃——还有她的朋友，一个安静的好人……"

"当时还有谁在场呢？"警察问道，同时傲慢地看了看女巫。

"啊，没人了，没人了。仆人们全都递了辞呈走掉了——他们受不了理查德和他的行事方式，真是恼人。当然，家里还有管弦乐队——二十五人组——但他们都很可靠。"

"'可靠'，'dependable'，"女巫说，"对我来说是个神秘的词。我想不出它是怎么进入英语的，这个词根本不对。一定是'depend-on-able'——"①

----

① 英语中动词"depend"需搭配介词"on"使用才表"信赖"之意，故女巫认为，表示"可靠的"的单词，应由"depend-on"加上后缀"-able"（"可以……的"）构成。

"你说你儿子的行事方式很特殊，夫人。"警察打断道。

"啊，没什么值得一提的，"阿拉贝尔夫人回答道，脸抽搐着，"他只是有点爱开玩笑……太不循规蹈矩了……你知道吗，他喜欢搞点新奇的实验……磁场之类的……"

"关于磁场的实验。"警察边说边在笔记本里记下，"那昨晚是谁在九点四十五分离开房子的？"

"是我。"女巫说。

警察又用一个瞪眼阻止她说下去。

"希金斯夫人，你是不是说你儿子昨晚在九点四十五分离开了房子？"

"是的，但是——"

"谢谢你，夫人。"

"在我看来你非常不礼貌，"阿拉贝尔夫人说，"这里不是法庭。我儿子理查德跟我和客人一起离开了房子，是为了躲空袭。"

"谢谢你，夫人。"警察冷漠地重复了一遍，然后转向了福特小姐。

"你能否辨认出上周六闯入你们委员会办公室的那个人？"他问道。

"不能。"她回答。

"你能否辨认出他究竟是个乔装的男人还是女人？你能否说出任何给你留下印象的外貌特征？"

"不能。"福特小姐回答。

"你对上周六晚上完全没有印象吗？"

"没有。"福特小姐回答。

"我有印象。"女巫说。

警察生气了。"我是在跟这位女士，梅、梅·福特小姐讲话。女士，你能否至少告诉我，你和希金斯一家认识多久了？"

"不能。"福特小姐回答。

"十八年了。"阿拉贝尔夫人说。

这时从壁炉里蹿出的烟已经很多，但没人注意。

"很抱歉……"福特小姐这会儿慢吞吞地说，"我……不能……帮你。从……上周六……我就……开始经受……情绪风暴……"

警察用不祥的眼光盯着她看了整整一分钟，然后在笔记本上记下了什么。

"二等兵理查德·希金斯今晚会在城里吗？"他用轻松的口吻问阿拉贝尔夫人。

"我猜是的，"她回答道，"但他有个随意消失的坏毛病……"

警察又转向了区长。

"现在，先生，"他说，"你能否帮我——"

"是这样的，"女巫起身说道，"如果你愿意跟我回到手套岛的家，我肯定能提供所有你想要的信息。事实上，你要不要跟我共进晚餐？如果哪位好心人愿意借我半克朗①，我可以提前回去煮点东西。"

托维先生想也没想就掏出了一枚硬币。

"过来，哈罗德。"女巫唤道。她抓着哈罗德的脖颈走到阳台，跨上扫帚，飞走了。

她留下了一屋子的喧哗。

被神秘的烟雾迷醉了的警察说着："该死，该死，该死。"

阿拉贝尔夫人徒劳地叫着："安杰拉，安杰拉，别做这么鲁莽的事。"

托维先生现在两只眼里都跳进了头发，他抓着警察的肩膀，以为自己在阻止他跳窗。"你太傻了。"他喊着。

区长把自己的大腿拍得山响。"我的天哪，"他叫着，"她可真是好样的。她真是会开玩笑。"

---

① 面值为 5 先令或 25 新便士的硬币，现仅作为纪念币发行。

达恩比·弗里尔先生谨慎地说了好几次"天哪"，摸了摸自己的鼻梁。他倾向于认为每个人都在跟他捣蛋，但又不是很确定。

只有福特小姐安静地坐着。

第九章　独居公寓搬走了

萨拉·布朗和理查德一起慢慢地走在月光下，身后跟着狗狗大卫。他们走到手套岛渡船停靠的渡口时，惊讶地发现对面的岛上聚起了一大群人，而一个穿着警察制服的男人正独自一人站在大陆这边。在离岸边大概十米的位置，船夫坐在船里，轻轻地划着桨，使船在水流里保持不动。

"你现在必须得到岸边了，"警察说，他的语气听起来像是已被漫长的争论搞得筋疲力尽，"还有其他人要过河。"他转头对理查德说："看啊伙计，我是来办公的，这个船夫在妨碍公务。"

"天哪，天哪。"理查德说。

船夫说："就算是英国国王——就算是维多利亚女王和阿尔伯特亲王的鬼魂等着渡河，我也不会来接他们的，我是不会让你有机会踏上手套岛的。"

河对面的人群意识到这是反抗情绪的高潮，于是齐声叫道："没错，没错！"

"你们两个有谁是手套岛上的住户吗？"警察问萨拉·布朗和理查德。

"我是。"理查德说。这让他的同伴大吃一惊。

"你能否告诉我任何关于此人行踪的消息？他有以下这些名字：艾丽斯·海德、特·贝·沃特金斯、女巫安杰拉。他很可能是假扮成女人的男人，据说在手套岛上经营一家杂货店和一家公寓。"

"手套岛上只有一家店，"理查德说，"也只有一家公寓。这两者是一体的。我是房产所有者。如果你愿意，我可以给你背一背我们的简章。我有一个主管负责管理。我认识她很久了。我不知道有人觉得她是扮成女人的男人。我也不知道她有过任何名字，更不用说有五六个了。"

警察似乎一直在被蚊子袭击。他扇着自己的脸、耳朵和脖子背后。他成功地把一只蚊子拍死在自己的鼻梁上，却不小心把这具格外可鄙的尸体留在了现场。萨拉·布朗怀疑理查德要为这场不合时宜的行刑负责。

"此人被指控违反了《国土防卫法》，"警察说，"因为其作为一名平民，却持有飞行器，并且——呃——妨碍皇家敌军① 行使他们的职责。"

"啊，天哪，天哪，"理查德说，"天哪，天哪，天哪……"

"你们两个有谁知道这名人员的行踪吗？"警察继续问道。备受蚊子攻击的他这会儿既不舒服又毫无尊严，显得十分可怜。他瞪着陷在红色胖脸里的小眼睛，目光里满是表示不解的抗议。他忙碌着的胖胖的手不够灵活，没法抵挡蚊子的攻击。他觉得自己又失败又傻气，几乎尊严扫地。他极度希望这时他是待在阿克顿区的家里，身边陪伴着对自己充满敬意的妻子。

萨拉·布朗摇摇头作了回答。理查德除了"啊，天哪，天哪……"也没什么可说的。

"年轻人，能否告诉我你的名字、家庭住址和部队编号？"警察困惑地沉默了一会儿后问道。

"我的住址啊，"理查德真诚而面带羞愧地说，"这真是我永远也记不住的东西。我知道我听说过它；从我还是孩子时我就努力想要记住它。我记得地址的开头是字母'H'。不会读写就是有这点最不好。我可以很准确地跟

----

① 此处可能是警察的口误。

你描述这个地方，那是座有很多窗户的房子，视野很开阔。如果你背对大理石拱门一直走，走到一张写着'少吃肉'的巨幅海报前，然后往右转——（他指着左边）——或者这么说，如果你像乌鸦一样飞着过去——或者像巫师一样飞过去——"

"你听听你都说了什么蠢话，我的好伙计。"焦躁的警察说，声音都快破哑了，"既然你拒绝提供信息，这个船夫还自认为他可以违抗法律，那么我就别无选择了，我只能吹口哨召来我的同伴，让他在这儿看着，我去打电话叫一艘警艇过来。"

他把口哨举到了唇边，但他还没来得及吹，这一晚，他人生中最失败的一晚的高潮就来了，而他根本无力招架。一片阴影扫过人群，某个大型飞行物撞到他的后脖颈，直接把他从码头上撞进了河里。

骑着扫帚哈罗德的女巫在警察腾出的地方降落。

"啊，看看我都做了什么啊，看看我都做了什么啊……"她恼火地叫着。她实在没必要特意提醒别人去看，五百多个人已经在热切地围观了。"啊，这次降落真是太糟糕了！哈罗德，你怎么能这么不小心呢？"

她抓住畏缩的哈罗德的鬃毛，大力扇了他一两下。理查德把他的马鞭伸给还在水里扑腾的警察，嘴里嘟囔着：

"啊，天哪，天哪……"

"别害怕，"女巫对警察说，"我们很快就会把你弄出来的，这里的水很浅，你不会淹死的。说到淹死，理查德，我一直有个让我很困惑的问题。如果一只老鼠到了潜水艇上，它会怎么做呢？潜水艇，你知道的，就是一艘沉船，而老鼠引以为豪的就是知道什么时候该——①"

萨拉·布朗抓着女巫的肩膀说："快走，女巫。"

"你说的快走是什么意思？"女巫问，"我才刚来呀。"

"快走，快走。"萨拉·布朗只能不断重复着。

"噢，好吧，"女巫用她那受到了冒犯的成年人的语气回答，"我像任何人一样能听得懂你的话外音。我这就走。"

她气呼呼地大步跨上哈罗德的鞍，飞走了。

警察从水里爬了出来，看起来像只气炸了的海豹。阵阵笑声从月光照亮的河对岸传来，让他一句话也说不出。

"你可别急着走，我的好伙计，"他冲着正亲吻马儿薇薇安的鼻子并准备离开的理查德咆哮道，"你别以为我不知道这背后是谁搞的把戏。"

"你不知道我多厌烦大声喧哗，"理查德说着充满尊严

---

① 女巫未说出的话可能是"抛弃沉船"。英语中有惯用语"像老鼠抛弃沉船一样"（like rats leaving a sinking ship），意思接近于"树倒猢狲散"。

地一只脚踩上了马镫，"你不知道我多渴望安静地待着，听着很远的地方传来的声音……但总有愤怒的人声或枪声在中间阻隔……"

他一只手漫不经心地抓着马儿薇薇安的鬃毛，慢慢把自己拽上了马鞍。神秘的是，警察呆呆地站着，什么也做不了。水从他的衣服上大声滴落，这是理查德轻声的讲话外唯一的声音。

"亲爱的警察先生，"理查德继续说，"我猜你今晚讲了太多话，都没听到这是多么安静的一个夜晚。你比一颗星小多了，但你发出的噪声比所有星星加起来的都多。你也不比月亮冷，但你的牙齿打起战来却比她还响。你的愤怒之火远比不上太阳的热量，但太阳安静地离我们远远的，你却在空气里填满了喧嚣，而且——如果我可以这么说的话——你在这儿待得太久了，已经不受欢迎了。啊，亲爱的警察，听我说……你知道吗，如果这里没有伦敦，而那里没有战争，今晚的沉静足够填满所有世界的所有海洋……"

他抖了抖缰绳，马儿薇薇安走了起来，安静地踏在渡口小路边的草地上。

"我要去跟我的真爱讲话了，"理查德说，他的声音随着他走远而渐渐微弱，"我的真爱的声音对我来说是唯一比安静还要好听一点的声音……"

有那么一会儿，他浑身上下看起来都是十足的巫师。在他转身挥手告别时，他的制服上的每个纽扣、马儿薇薇安的挽具上的每个带扣都被月光照亮，闪着魔法的光圈。随后他就消失了。

警察这会儿好像平静下来了。他看着萨拉·布朗，她一只胳膊搂着发抖的大卫坐在河岸边，因为疼痛而苍白憔悴。

"再过一分钟，再过一分钟，我的宝贝，"她对大卫说，"我们就快到家了。很快我们就能安静下来了。"

萨拉·布朗的外表总是给人一种不寻常的温和感。

"不管怎样，我还是想知道谁要为这场闹剧负责。"警察说。

萨拉·布朗并没有听到他的话，但她说："啊，发生了这样的事，我很遗憾。当然这完完全全是个意外，但看到有人的尊严因为意外而受损，还是令人难受。你一定要快点忘掉这件事，你要赶紧找到一个见过你最好的一面的人，你得告诉她这件事的一个美化过的版本，这样你就会好受多了。"

船夫叫道："我不介意来接这位年轻女士渡河。如果你愿意的话，你可以明天再来，池子里的自大先生，因为你要找的人现在不在家，而且我毫不怀疑，河对面的那群人会给你一场闹腾的欢迎礼。"

"我明天会来调查这件事的。"警察说，"我告诉你们所有人，这件事可没完，远远没完。我很想叫区长来给你们宣读一下《取缔暴动法》[1]。"

萨拉·布朗在手套岛靠岸时看不清等在这边的人群的脸，但她听到很多焦急又刺耳的声音。

"只要我知道，我是不会让他们抓住她的。"

"她从来都只说好话，这亲爱的小羊羔。"

"她比日历上的任何圣徒都更像圣徒。"

"是她在公寓里给了我的丹尼一个房间，他在战争中失明了之后，是她让他振作起来的。"

"她是岛上的好仙女。"

"我刚搬来这儿，正想念德文郡老家时，是她一晚上就在我的花园里种满了石竹花。"

"法律总是在迫害圣徒和仙子，一贯如此。"

"但法律抓不到她的。"

---

[1] 英国 1714 年通过的《取缔暴动法》(The Riot Act) 规定，如果十二名以上民众聚集并有暴动倾向，执法者将向他们宣读"暴动法令"并命令他们解散；如果法令宣读后一小时内民众还不解散，他们将面临惩罚。

"法律赶走了她，"萨拉·布朗说，"手套岛上现在没有魔法了。"

她踉踉跄跄地走进杂货店敞开着的大门。"这是理查德的房子。"她进门时对自己说。理查德这会儿离她很远，正奔向他的真爱，这让她感到双倍的孤独。她擦亮了她的最后一根火柴，点着了灯，四下看着。独居公寓里什么声音都没有。她想，这里再也不会有魔法之声穿透她被禁锢的听觉了。靠近门口处从房顶挂下来的围裙在冷风里轻轻摆动着，她觉得它们就像洞穴里的灰色蝙蝠。风吹灭了敞开了膛的提灯。啊，多么凄凉，多么凄凉……

一张纸被一根无头的帽针钉在柜台上，上面用歪歪扭扭的大字写了些什么。萨拉·布朗读道："好吧，亲爱的，看来属于我的'夜晚'到了，而且你能猜到吗，'谢丽'也来了。他和我要去一个据他所知适合像埃尔伯特这样的孩子出生的地方，所以你暂时不会有我的消息了，你真诚的皮奥妮。"

萨拉·布朗一步步登上短短的楼梯来到自己的房间，每一步对她来说都是折磨。她坐在床上，按着阵阵作痛的身体一侧，小心谨慎地呼吸。她看向空空的壁炉。她把一支香烟放进嘴里，这是独居者盲目饥渴地追寻安慰时下意识的徒劳反应。但她没有火柴。很快，当她隐约意识到她对安慰的追寻不会有结果时，她恍惚地把另一支烟也放进了嘴里，然后意识到自己是个傻瓜。

她盯着冰冷的窗户。天空看起来就像是被一两颗弯曲的星星随意钉在那里。

这是独居的可怕夜晚：你发着烧，有时觉得你的爱人就站在门口，就要给你带来安慰，有时你又发现你没有爱人，而且在那因禁住你的炙热目光的无边黑暗中，没有一个人，没有一句话，没有任何温暖，甚至连一根善意的蜡烛都无法被点燃。同样是在这样的夜晚，你梦到你已经做了那些你的身体渴望做的愉快的事，或者你的另一个自我已经做了那些事。炉火终于生起，手边放着一杯清凉又诱人的酸酸的饮料，你能听到走廊里传来瓷器在餐盘上晃动的美妙声音——有人正端来你想看看，或许也愿意尝一点的食物……这时你感觉好多了。但一次又一次，你睁开眼睛，面对的却只是冷漠的黑暗，除了风声和楼梯上空洞、诡异又不怀好意的吱吱作响，什么都没有。

这就是独居的可怕夜晚，但任何真正热爱这座房子与这种状态的人，都不愿用这样一个荒凉幽寂的夜晚去交换一个在温软之地被监视着度过的夜晚。

那天晚上，萨拉·布朗独自盯着壁炉里冰冷灰烬上的斑驳月光，但没过多久，楼下的商店就突然传来了很多脚步声。狗狗大卫自命不凡的金属般的叫声打破了她房间里的寂静。

楼梯下传来一个男人的声音："我能听到狗叫。"然后是一个女人的声音："安杰拉，亲爱的，是你吗？"

萨拉·布朗只意识到一种模糊且恼人的骚乱。她摸索着走到门口，打开门痛苦地叫道："走吧，警察，快走吧。她不在这儿。"

阿拉贝尔夫人走上前来，手中闪着一把手电筒。

"我亲爱的，你看起来生病了。看啊，你在发抖呢。看啊，你的小狗把你的床罩都弄上泥点了。别担心安杰拉，我们都是来帮她的。"

"你们都来了？"

"是的，梅塔、区长、托维先生和弗里尔先生。让我扶你到床上去，然后你要告诉我你知道的关于她的信息。你一定受了不少苦。"

"我很好，"萨拉·布朗不客气地说，"你们要帮女巫，得把我也算上。"

"啊，这一切真是太糟了。"阿拉贝尔夫人叹息道，"警察记下了我们的姓名和住址，而且那么粗鲁地怀疑我们，我们还这样一群人一起到这儿来，真是太不明智了。但梅塔坚持要来。恐怕接下来的二十四小时我就要在监狱里过了，或者因为犯了《国土防卫法》而被枪毙了。事实上，作为纳税人，我觉得警察早该这么做了。尽管如此，梅塔觉得我们也许能帮上安杰拉……梅塔有很多看起来很有权势的朋友……但他们话太多了，亲爱的。"

她把萨拉·布朗引下楼梯。托维先生和区长正在楼梯下交谈，弗里尔先生面带嘲讽地听着。萨拉·布朗经过他们走进店铺时，闻到了那股总是宣告着福特小姐到来的不像花香的气味。萨拉·布朗自己身上的味道也没好到哪里去，那是一种淡淡的汽油味，说明她身上的衣服是最近自己在家洗的。在店铺的黑暗中，她看到福特小姐正弯着腰试图关上女巫存放魔法的那个不好关的大抽屉。

"这很易爆。"萨拉·布朗说。

福特小姐惊了一下，直起了腰。"啊，布朗小姐……我只是四处看看……"

萨拉·布朗喘着气在柜台上坐下，其他人回到店铺里，带来了电灯。

"这一切都太荒唐了，"福特小姐紧张地说，"为了一个穷人的案子费这么多事。"

"我想到了美国，"阿拉贝尔夫人说，"如果我们能把她弄到那儿去的话。任何做了傻事的人都去美国。事实上，如果我没记错的话，美国的人口全都是从别处逃命过去的。这肯定让印第安人大为困惑。他们说巴别塔的故事不过是对伍尔沃斯大厦①的预言——"

"你没法搞到护照，"达恩比·弗里尔先生说，他是在场所有人中唯一脑子还清醒的，"现在这个时候，只有奇迹发生才能搞到护照，尤其是对逃亡者来说。"

"只有奇迹——或者魔法。"萨拉·布朗说。

福特小姐本能地走向柜台后敞开着的装满了幸福原料的抽屉。

"我们必须记得，"弗里尔先生接着说，"毕竟，她确实违反了法律。事实上，我根本想不明白为什么我们要——"

"啊，达恩比，清醒点吧，"福特小姐说，"我们当然知道违反法律是不对的，但在这件事上——至少我本人会是最后一个指责她的。"

"不，你不会是最后一个。"萨拉·布朗说。

"这是什么意思？"

"你当然不是最后一个，甚至很可能不是倒数第二个不愿指责她的。你把自己想得太好了。"

"啊，你们这些上流社会的女士，肯定认识一些在外

---

① 伍尔沃斯大厦（Woolworth Building）位于纽约，高241米，在1913年建成，曾是世界最高建筑。

交部工作的先生吧，可否请他们为了老朋友的面子睁一只眼闭一只眼？"区长建议道。

福特小姐把这看作一个挑战。她不再傲慢地瞪着萨拉·布朗了。"外交部三个部门的先生们都是我周三聚会的常客，"她说，"但我怎么可能麻烦他们插手这么——呃——这么微不足道的一件小事。"

大家沉默了。福特小姐小心翼翼地摆弄着从女巫的抽屉里拿出的一个小纸袋。过了一会儿，她说："理查德怎么样？"

阿拉贝尔夫人突然发火了："你又来了，梅塔，我跟你说过多少次了。每当有什么一点也不麻烦，或者一点也不特殊的事发生，你就开始理查德长理查德短。别人还以为你把这个可怜孩子当成巫师了呢。"

"你不用发脾气，阿拉贝尔，"福特小姐冷冷地回答，"我只是说，理查德也许能帮上忙，毕竟他认识很多朋友，而且他有这种……化学方面的才能……"她下意识地撕掉了手中魔法纸袋的一角，接着说："而且，我经常跟你说，我相信理查德真的有神秘力量，这会让他格外在意这件事的。"

萨拉·布朗正把脸埋在手中，错过了她们的大部分对话。但她听到她们提到理查德，于是说道："理查德去见他的真爱了。"

这句话引起了一阵被小心压抑住的尴尬。

"她发烧了。"福特小姐嘟囔道，满脸通红。

"我亲爱的萨拉，"阿拉贝尔夫人尖刻地说，"你搞错了，我必须请你注意，不要传播一些关于我儿子的闲言碎语。理查德在他的办公室里。你知道他的办公室总是晚上才开——这不过是理查德的又一个小怪癖。"

"我要打电话到他的办公室，"福特小姐说，她下定决心，从现在开始，她要完全无视萨拉·布朗，"电话在哪儿？"

"这里没有电话，"萨拉·布朗说，"这里是独居公寓。"

福特小姐把一点魔法倒进自己的手心。"人们多么轻信啊，"她笑着说，"如果特尔玛·贝内特·沃特金斯在这儿，她会把这些粉末称为——"

她停了下来，因为一种奇特的刺鼻味道充满了店铺。几乎是同时，一个奇怪的喘着气的嗓音从角落里传来，伴随着敲击的声音。原来是伯纳德·托维先生在唱《我心温柔地敞开》①，还用鞋跟敲打他坐着的柜台来伴奏。

---

① 《我心温柔地敞开》("Mon cœur s'ouvre à ta voix")是取材于圣经故事的歌剧《参孙与大利拉》中大利拉诱惑参孙时唱的咏叹调。

萨拉·布朗突然感觉好起来了。她还在发抖，但好受多了。她从柜台上跳下来。"如果你愿意的话，我可以跑到对面，"她说，"从渡船夫家给理查德打电话。他现在可能已经离开他的真爱了。我打电话的时候不聋，而且渡船夫不会给陌生人开门。"

她离开时，魔法的味道越来越浓了。托维先生还在角落里扮演大利拉，这会儿唱到了歌里感情强烈的段落。福特小姐在说："真的，伯纳德……"萨拉·布朗心里闪过了一丝不祥的预感。

萨拉·布朗走在月光点亮的路上，看到船夫家花格窗的红色窗帘后亮着温暖的充满戏剧性的灯光。在经历了过去几个小时的黑暗时光后，她很开心能想到世上那些心满意足地闷坐在自己喜爱的丑陋小屋里，安静又耐心地做着自己喜欢的事的人。她对自己说，想到理查德的小小办公室每晚独自在空寂无人的城市里亮着灯，能给她的黑夜带来安慰。

船夫打开门，热忱地欢迎她来使用电话。他正坐在桌旁，身边环绕着被他视作家人的各种蛇。桌上放着一碗牛奶，一条花纹像土耳其地毯一样鲜亮的牛蛇正在啜饮。一条黄黑相间的巨蟒在扶手椅上绕成了好几个"8"字；还有一条看起来很聪明的土灰色小蛇从船夫胸前的口袋里探出头来，它有着宽阔的鼻子和好动的舌头。

"它们是不是很美？"他带着家长般的自豪感害羞地说。萨拉·布朗试着在巨蟒身上找到它愿意被挠痒痒的地方。不知怎的，从抚摸者的视角来看，巨蟒的身体显得光秃秃的。船夫继续说："蛇的身体带有的那种力量和朝气让我有一种眩晕的快乐。对我来说，蛇就是按尺卖而不是按瓶卖的良药。我的头脑每天都变得更冷静，这都多亏了我这么爱蛇。"

萨拉·布朗拨通了理查德办公室的电话，一个声音优雅的年轻男职员接了电话。

希金斯先生不在办公室。

希金斯先生特意指示说，如果有任何人找他，都告诉对方他——呃——去见他的真爱了。

但任何跟魔法相关的小事都可以在他不在时办理。希金斯先生目前要花很多时间在战场上，很多日常事务都必须交给说话者本人、他的机要文员来办理。

需要护照去美国？很简单。本办公室只需要发放空白护照，经过某种程序处理之后，任何检查护照的官员都会在上面读到他想读到的内容。但希金斯先生要加上他自己的签名和印章。希金斯先生今晚就会来办公室，可能一个小时内就会到达。

多少份护照？

"两份，"萨拉·布朗说，"一份给我朋友，一份给我。狗不需要护照吧？是英国狗。我明天会订船票。我可以当掉我的——或者这么办，我可以卖掉我的战争贷。"

她挂断电话时，船夫问道："你们是在店里开派对吗？趁着管理员不在的时候？"

"并不是有意的，"萨拉·布朗说，"怎么了？"

"呃，我就是好奇。那里传来的声音就像是一千台疯狂的留声机在倒播唱片。"

萨拉·布朗的不祥预感像闪电一样回来了。她赶紧冲回店铺。

地板的中间是一盏玻璃外壳已经碎了的提灯，八个面里各射出一束六七英尺高的火苗，就像某种巨型花卉的花瓣。福特小姐和托维先生面对火焰站着，手拉着手，各自都沉醉地唱着不一样的歌。阿拉贝尔夫人不知道从哪儿找来了一个专利灭火器，正戴上眼镜准备读上面的操作说明。背景里是弗里尔先生拿着正在漏水的装满水的饼干罐子犹豫不决。区长不见了。

"我的老天！"萨拉·布朗喊道，"你们会把这里都烧掉的。看看上面那排衬裙，已经着火了。你们对区长做了什么？"

"我们不小心把他弄消失了，"托维先生小声说道，"但是，嘘——嘘，他自己还不知道呢。"

"这都没关系，"福特小姐说，"我们都要去美国了。"她接着唱她的歌，这是一首即兴的关于大海的歌。

"但你们也没有理由把房子烧掉啊。"萨拉·布朗说。

"我也是这么认为的，"弗里尔先生说，"但水扑不灭这个火焰。"

唱歌的人安静下来了。只有隐身的区长还在用响亮颤抖的声音唱"如果那嘴唇可以说话"，伴随着看不见的跺脚发出的声响。

"你把魔法混进火焰里了，"萨拉·布朗心烦意乱地说，"我告诉过你这个很危险。什么都无法熄灭魔法，除非是更多的魔法。女巫会怎么说呢？"

"任何人怎么说都无关紧要，"福特小姐说，"我们都要去美国了。只要我不在这儿，任何人、任何地方都不重要。我以前怀疑过这点，但我现在确定了：所有一切都是虚假的，除了我自己。看看吧，把那个粗鲁的杂货商从眼前弄消失多容易啊。他只不过是个背景板。我把他遮盖掉了。"

靠近天花板的纺织品区现在也着火了，被烧成灰的衬裙和只剩金属包边的扣子开始大把大把地掉落到地板上。

"我去找人帮忙。"萨拉·布朗说着急忙冲出了门，后面跟着激动的大卫。在危难时他不是那种勇敢的狗，但他想让自己显得忙碌而有用。他们回到渡船夫的电话旁。萨拉·布朗知道这是魔法引起的火，所以打电话给伦敦郡议会救火队是没用的，那只会让这个可敬的组织感到挫败和不必要的困惑。

萨拉·布朗拨通了理查德办公室的电话。理查德有一种英雄般的、像电影里演的在关键时刻现身的天赋，接电话的正是他本人。

"快来，"萨拉·布朗说，"独居公寓着火了。有人乱动了放'魔法'的抽屉。"

"啊，天哪，天哪，"理查德说，"办公室这边今晚也忙得很。你觉得这真的很要紧吗？那是我的房子，你知道的。"

"好吧，如果什么都不做的话，火可能会蔓延到整个手套岛，一直烧到岸边。事实上，既然这是魔法引起的火，我不觉得它会在岸边停下。更不用说区长他——"

"好吧，我会过来。"理查德说。

她从船夫家里走出时，他已经到了。

"我是乘闪电来的。"他解释道。他抚平了头发，整理了一下比尔·塞克斯式军帽①，看起来像是刚刚快速移动过。"最近闪电服务变得很差。我在白厅大街上空被堵了整整四分之三秒。有什么与战争相关的无线电信息进来了，所以闪电得给它让道。好了，现在告诉我这么兴师动众是为什么吧，萨拉·布朗。"

一群惊惶不安的手套岛居民已经围在独居公寓周围了。萨拉·布朗和理查德离公寓还有四五百米远时，一道巨大的分成多个叉形的白色火舌突然把整座房子都吞没了，就像是一只手攥紧了它。

"火刑柱周围的柴捆被点燃了，"理查德说，"但女巫已经逃走了。"

火焰的光亮完全盖过了星星，好像把它们吞噬了。火焰突然萎缩塌陷下来。独居公寓已经不存在了。

"啊，理查德，"萨拉·布朗说，"你母亲和福特小姐，还有——"

"母亲在里面吗？"理查德面不改色地说，"真是一个奇迹接一个奇迹。好吧，幸运的是，什么魔法也动不了母亲。"

---

① 比尔·赛克斯（Bill Sykes）是狄更斯小说《雾都孤儿》中的恶棍。

事实确实如此。他们挤过人群，就看到刚刚还在店铺里的人正在大门口争论。

"不是我吹的，"托维先生委屈地说，"我是在唱歌，不是吹。"

"但我知道的是，就在你唱高音的时候，好像有东西把火焰打散了，装满易爆物的那个抽屉着了火。"达恩比·弗里尔先生咄咄逼人地说，挥舞着手中的空饼干罐。

"这不重要，"福特小姐镇定地说，"我们明天就要穿过大西洋了。"她努力振作起来，笑着对弗里尔先生说："你知道吗，我家有航海传统。我父亲在1884年是皇家海军'不消化号'①的指挥官。"

"我很好奇，是什么这么快就把火灭掉了？"托维先生问，他这会儿还梦游一般地用一只手给不存在的音乐打着拍子。

"是我灭掉的。"理查德说。

"这是谁的房子？"托维先生又说，他眼神空洞地转身面向理查德。

"是我的房子。"理查德说。

---

① 福特小姐此时神志不清，很可能把英国皇家海军舰艇"不屈号"（H.M.S. Indefatigable）误说成了"不消化号"（H.M.S. Indigestible）。

他们这会儿都看到他了。

"是你的房子吗，亲爱的理查德？"阿拉贝尔夫人叫道，"你确定吗？我不知道希金斯家族在手套岛上有任何房产。"

"现在没有了，"理查德回答，"但别在意。我总是觉得这世上已经有太多房子了。大多数房子都是陷阱，所有东西都陷了进去，但没有什么东西从里面出来。我看着商人们不停地从后门往房子里注入物资，但却没有结果或正当理由从前门出来，这总是让我很伤心。我常想，只有那些被人们的身体所遗弃的房子，才是真正住着人的。"

"是我把你的房子烧掉的，理查德。"福特小姐说，"但这不重要。这不是一座真的房子。"

"你说的没错，"理查德说，"对你来说，亲爱的梅塔，它不是真的房子。它是独居公寓；只有对独居的人来说它才是真的。现在，它黑暗又孤寂，只剩下冰冷的地基；它就像个帐篷，随着那些不断在这世间四处漫游的独居者的命运离开了它本来的位置……"

他看向萨拉·布朗。

"说到漫游，"福特小姐说，"我们都要去美国，理查德。你能帮我们搞到护照吗？"

"那是当然。"理查德回答，"去美国，是吗？对你们来说那会是一小段美妙的旅程。你知道吗，要不是因为美国人的缘故，美国会充满了魔法……"

"我在纽约有不少朋友。"福特小姐说，她看起来快从她的情绪风暴里恢复过来了。

"要小心，"理查德说，"不要把今晚的魔法忘光了，不然你们就从冒险者变成旅游者了。"

"我不要去美国，"阿拉贝尔夫人说，"我要回家。我从没听过这么不靠谱的胡闹。我说我同意这个计划时只是在开玩笑。"

"我从没同意过这个计划，"弗里尔先生说，"要是我能回床上睡觉，明天清醒地醒来，我就谢天谢地了。如果这就是下场，我以后再也不会去肯辛顿喝茶了。"

"我要去美国。"托维先生说，他被头发遮挡的眼睛紧紧盯着福特小姐。

"我要去美国，"隐身的区长的声音从没人料到的方向传来，还没人敢告诉他发生在他身上的意外，"我明天就辞掉这份区长的工作。如果发现我留下来了——哦，对了，这提醒了我——"

"我不需要提醒。"萨拉·布朗插话道，"看起来好像人人都忘了你们为什么来这里了。理查德，请问你知道能找到失踪人士的魔法吗？"

"当然，我知道好几个呢。"理查德回答，他总是像推销员推荐商品一样急切，"我可以给你展示一个特别巧妙的小咒语，如果你恰好有电话簿、指南针、蟾蜍的心和黑山羊的一根胡须的话。或者这样，如果你在圣诞夜落潮时站在海滩上，背对着月光，左手拿着蜡烛，在沙滩上写下那个人的名字——对了，你是想找谁呢？"

"女巫。"萨拉·布朗回答。

理查德的脸沉了下来。"啊，只是找她吗？"他说，"我可以告诉你她在哪儿，用不着任何咒语。她现在跟我的真爱在一起，在希金斯农场，正帮着——啊，对了，母亲，我忘了告诉你，你现在是奶奶了。"

"理查德！"阿拉贝尔夫人说。她突然在花园树篱和道路之间的草坪斜坡上坐了下来。"啊，这太残忍了，"她哭着把脸埋在手里，"这太残忍了。这就是我的儿子吗？我本意是那么好，我一辈子都在做别人做的那种正常的事，除了一件事。就为了这一次例外，我就被这么残忍地惩罚……我养了这么个不是儿子的儿子，他只会说些我无法理解的话，只会做些我不能看的事……"她停了下来，把手从脸前拿开，转头满脸震惊地看着理查德。理查德正坐在她身旁，轻抚着她的胳膊。"一个会魔法的儿子……"她害怕地小声说着，接着又哭了起来，"啊，这太残忍了……"

　　理查德不懂发生了什么，只能继续抚着她的胳膊。

"是的，母亲，皮奥妮，我的真爱，一定要叫他埃尔伯特。"他说，"听着，母亲，埃尔伯特，是你的会魔法的孙子……"

　　但阿拉贝尔夫人还在哭泣。

第十章　独居者

"好吧，萨拉·布朗，我们终于到了。"女巫说。她危险地坐在甲板扶手上，拜伦式的头发随风飘扬。远处纽约的高楼大厦支撑着闪亮的天空，北面和东面是港口和大海，还有许多历经艰险航程后带着欢快的气息归家的船只。

海上航行的每一分钟都是有魔法的，但在女巫和萨拉·布朗的旅程中，女巫并没做任何超自然的事。她的魔法火苗多多少少被同船的五百个美国人熄灭了。这些美国人从没听别人说过"魔法"，这个词只有广告商在宣传他们的商品时才会使用。

福特小姐没有跟来，她的情绪风暴完全治好了。她在利物浦的莱姆街火车站找搬运工时意外地跟伯纳德·托维先生订婚了。两人返回伦敦，以一个超级星期三聚会来庆祝订婚。区长也没能上船。事实上，这个可怜的家伙在火光之夜遭遇不幸后就再也没有消息了，而且我相信伦敦警方正以德国间谍的罪名抓捕他。

"我们到了，"女巫对萨拉·布朗说，"至少，我猜这个踮着脚尖的城市就是纽约。你觉得我要不要让船长注意一下我们左边那位大块头的女士？她好像被困在岩石上了，正向我们发出求救信号呢。"

"那是自由女神像。"旁边的三个美国人齐声说。

"你们说的自由是什么意思？"女巫问道。

三个美国人冷冷地盯着她。

"美国是自由的家乡。"他们仍然齐声说。

"啊，那是当然，我太傻了。"女巫说，"我应该想起，每个国家都是自由的家乡。遗憾的是，自由似乎从来不自家里开始。你们知道吗，伦敦每家大点儿的商店都自称'皇室御用'，但我曾每小时光顾一次缝纫用品店，却从没碰到过一个女王。我猜如果你们不把这么大一个招牌挂在你们的海港上，你们美国人就会忘了美国是自由的家乡。我从一只租了我手套岛上的山楂树的灰松鼠那里了解了很多关于美国的事。他来英国很多年了，但他还是带着浓重的新英格兰口音。他离开美国是因为他是个社会主义者。我猜美国的自由太多了，没给社会主义留出位置，是吗？我认识的松鼠说美国只有两个党，共和党和罪人党——至少我认为他是这么说的——而任何不属于这两党的人会被判终身劳役。我是这么理解的，但我可能理解错了。我不太擅长政治。不管怎样，我认识的那只松鼠只能离开'自由之乡'，到英国来，这样才能说出他心中所想。我希望我也在那儿。萨拉·布朗，我还没搞懂你为什么把我带到这里。"

"我带你来这里是为了逃脱法律制裁。"萨拉·布朗说。

"这是什么意思？逃脱法律制裁？你不知道吗，所有的魔法都是靠着法律的震怒才能活下去并兴旺发展的。你忘掉我们的英雄传统，忘掉我们的殉道者和火刑柱了吗？这个世界不是已经够驯顺了吗？你想让魔法变成什么呢？政府机关的下属部门？"

"我花光了我所有的一切才带你到这里来，"萨拉·布朗说，"我离开了我爱的一切才带你到这里来。我在英国差不多算是死了。那里没人会再想起我，除了是作为某个没再听说过的东西。"

女巫友善地看着她。"你知道吗，"她说，"哈罗德因为降落事故撞上警察，你第一次叫我离开时，我想也许你是电影里的那种坏女人，要把我赶离我的家、我的遗产。一开始我想跟你争辩，但是我想起来，坏人即使没有被我们其他人攻击，也总是会有糟糕下场的。而且，物质的东西从来不值得去争。所以这么长时间以来我一直都对你很有耐心，而且很有礼貌地同意你所有的邪恶计划——之前我是这么想的——现在我很高兴我对你有耐心，因为我明白了你的好意。亲爱的萨拉·布朗，你确实是为了我好。在独居公寓住过的人从来得不到友谊，这真是令人悲伤。你说你离开了你爱的一切——你跟爱又有什么瓜葛呢？谢谢你，亲爱的，为了你的好意，也为了在海上的这些美好日子。但我不能和你在一起。我不能踏上这片土地——即使是在这儿我都能嗅到它很聪明和缺乏魔法了。我必须回到我的春天小岛和我的仙境教区……"

"啊，女巫，别离开我，别就这么离开我，我现在又有病又困惑，还离家这么远……"

"你怎么会离家很远呢，你是最大的家的居住者。你以为你毁掉了独居公寓吗？你以为你能逃离它吗？"

萨拉·布朗什么也没说。她看着女巫唤来扫帚哈罗德，调整鞍子，系紧扫帚中间的带子。她看着女巫跨上扫帚，朝阳光灿烂的空中飞去。旁边的三个美国人正在谈论政治，除他们自己之外什么也没看到。女巫在自由女神像王冠的尖刺上下了扫帚，然后小心地爬到女神像的刘海分开处；接着，萨拉·布朗看到她弯下身，猛地将脑袋倒挂起来，长久地盯着女神像那木然的青铜眼睛。很快，她又骑上了扫帚哈罗德，漫不经心地用脚做了个含义不明的动作，然后向东飞去了。她一次也没回头看就消失了。

船靠岸了。萨拉·布朗牵起狗狗大卫，提起手提箱汉弗莱：她仅有的家庭成员两只手就能抓住。有个官员问了她一句什么，用的是美国官员那令人害怕的只动半边嘴的说话方式。

"我听不见，"萨拉·布朗说，"我是个聋子。"

然后，她就跨进了更广阔的"独居"的大门。

全书完

译后记

魔法只会在缺乏激情的世界死去
——战争、魔法与女性独居

符梦醒

　　斯特拉·本森，是一个不仅对大多数中国读者来说闻
所未闻，甚至对当代英国读者来说也颇为陌生的名字。近
年，随着香港大学教授黄心村的专著《缘起香港：张爱玲
的异乡和世界》出版，本森这个和张爱玲一样有过香港旅
居经历并影响了张爱玲的现代主义女作家，才逐渐进入中
国读者的视野。本森在 23 岁时凭借大胆描绘武装妇女参
政权运动 ① 的小说《我假装》(*I Pose*) 登上文坛，在 41 岁

<hr />

① 英国的妇女参政权运动在二十世纪初形成两个派别：采取和平游说方式的妇女
　　参政论者（suffragist）和由潘克赫斯特夫人（Emmeline Pankhurst，1858—
　　1928）与她的三个女儿领导的采取一切方式——包括暴力——的武装妇女参
　　政论者（suffragette）。

英年早逝时已创作了九部小说（以及一部未完成的小说《蒙多斯》〔*Mundos*〕，于作者死后发表）、两部游记和多部短篇小说集、诗集。当 1933 年本森因肺炎去世的消息传到英国时，弗吉尼亚·伍尔夫在日记中写道："一种奇怪的感觉：当一位像斯特拉·本森这样的作家去世后，人的反应变钝了；此时此地不再被她点亮——生活变黯淡了。"观其一生，本森踏着二十世纪初的现代化浪潮过上"世界流浪者"的生活，她积极参与其所在地的女性运动，探索女性身份的边界，可以说是两次世界大战之间欧洲新女性的代表；虽不是现代主义文学核心人物，本森也曾与伦敦的布鲁姆斯伯里文化圈交往。也是在最近十年，本森作品在现代主义文学中的位置，以及与早期奇幻文学的发展和女性社会运动的关系，才在英国文学界渐渐得到重视，重版本森作品的呼声也越来越高。在一百多年后，重看斯特拉·本森在"一战"的枪炮声中如何思考战争与奇幻和女性的关系，也许是认识这位经历传奇的女作家的契机。

斯特拉·本森 1892 年出生于英国什罗普郡，父母都属于受过良好教育的富裕乡绅阶层。本森从小体弱多病，经常受呼吸道疾病困扰。在 1910 年得过一次几乎要命的胸膜炎后，有长达近三年的时间本森都往返于瑞士的疗养院和治疗机构之间，接受多次手术治疗耳聋。不断加重的呼吸道疾病和耳聋是本森一生的困扰，但和《独居》中深受耳聋之苦的萨拉·布朗一样，本森决意不让自己被孱弱的身体打败，反而频频向身体发起挑战。她曾在日记中这样写到自己的病情："我坚持无视身体状况。既然治不好，那我也不需要什么改善了。就算我要死，也要尽我所能活着去死。"1913 年，年仅 21 岁的本森不顾母亲的反对离家，开始了她的独居生活。她到伦敦的贫民区租房，做各种全职和兼职工作。本森曾在伦敦霍克斯顿区的慈善组织会社负责登记申请人信息，她发现了被中产阶级操控的慈善工作的虚伪：慈善不过是对穷人的控制和贬低。这一点在战时本森创作的两部奇幻小说，即 1917 年出版的《这就是结局》(*This is the End*) 和 1919 年出版的《独居》中受到了辛辣的讽刺。本森还参加了武装妇女参政权运动领导者之一西尔维娅·潘克赫斯特带领的以女工群体为主的人民大游行。与此同时，本森坚持小说创作，1915 年发表的处女作《我假装》就是取材于她参与女权运动与慈善工作的经历。

1914 年 8 月 4 日，英国向德国宣战，本森本人的生活开始被卷入战争的洪流。本森是在"一战"中成长起来的作家。风格颇具实验性的《我假装》和《这就是结局》以及 1918 年的诗集《二十》（Twenty）让本森在文坛崭露头角，但战争也给她的身体和精神带来巨大伤痛，不断检验着她应对绝境的弹性。1915 年底，本森被诊断为肺结核，次年初不得不到东南海边小城马盖特疗养，但到了秋天就又回到伦敦开始工作。1917 年初，医生警告本森必须把自己当作残疾人，本森随即到伯克郡休养；但很快，她又自愿到当地的一个农场上应聘做工人。身体孱弱但桀骜不屈的本森在这里也继续着她的反抗：她带领女工要求农场主给女工的周薪上涨三先令，结果被农场主羞辱性地晾在雨里半个小时。十五年后这种面向掌权阶级的抗争在英国殖民下的香港再次发生：本森作为中国海关税务官员和在港英国精英阶层一员谢默斯·奥戈尔曼·安德森（Shaemas O'Gorman Anderson）的太太，不顾丈夫的事业前途，奔走游说，抨击港英当局的妓院合法化制度（本森认为这事实上是在纵容人口贩卖），并最终取得了胜利。

1917 年秋本森回到伦敦，开始《独居》的创作，同时目睹了更惨烈的空袭。战争还看不到要结束的样子，本森的健康也在持续恶化。1918 年的元旦，她在日记中写道："世界已经丧失了继续维持真实的把戏。"被本森在卷首中宣称为"不是一本真的书"也不是写给"真的人"的

《独居》，可以说就是在枪林弹雨的间隙中直面"真实"的反面——虚无和绝望时写下的。正如书中的一个人物所说：这场战争的起源是如此不真实、缺乏魔法，于是快要死去的魔法又重生来迎接它；"一个世界变得越糟糕，就会有越多的魔法产生来拯救它"，"魔法只会在缺乏激情的世界死去"。

战争与奇幻

长久以来，将奇幻文学挡在经典文学殿堂之外的一个理由是，奇幻文学是一种逃避现实，在魔法、女巫、骑士与龙的复古故事中追求美梦成真的懦弱文学。然而，若深究当代奇幻文学的起源，就会发现战争与奇幻其实一直相距不远。正如大卫·兰福德（David Langford）在《科幻文学百科全书》（*The Encyclopedia of Science Fiction*）中所说，战争的极端恐怖和残酷造成了一种"超现实"（surrealism）体验，已经超越了现实主义文学所能描绘的极限，而这种超现实感恰恰激发了很多奇幻和科幻作家的创作灵感。常被视为现代奇幻文学及其理论奠基者的J.R.R. 托尔金在"一战"期间参与过索姆河战役，有学者论述，前线的经历是托尔金创作中土世界正邪较量的起源，而"魔戒"系列以及托尔金以"创造第二世界"为中心的奇幻理论，正是在法西斯主义阴霾笼罩欧洲的二战期间诞生的。

魔法、女巫、骑士与龙在《独居》中悉数登场，但战争的现实从未远离。在故事一开头，读者就明确无误地感受到了战争的影响：六个女人在伦敦的一间屋子里开会，因为她们的国家正处于战争中，而她们觉得她们有责任让祖国继续保持战斗状态。战争不仅是小说故事发生的背景，也是情节的推动器。与逃避现实相反，小说完全不惮于直面炮弹下伦敦生活的真实肌理以及其中的不真实感，于是我们看到在教堂地下室躲空袭的人们如何感知爆炸："它似乎在一秒钟和下一秒钟之间劈开了一个无底的深渊，于是人们好像是第一次意识到自己身处一个受了惊又令人震惊的世界"；看到人们如何面对对死亡的恐惧："她意识到，一切在虚无的大军面前，都不过是一小队毫无希望的守卫军"。而与现实主义的白描不同，加入了奇幻元素的描写，更是为我们展示了一幅将幽默、讽刺和荒诞并置的末日图景，将战争造成的虚无感暴露无遗——在地下躲空袭的活人与因为坟墓被炸弹掀开而误以为末日审判已降临的死人为邻，为占领道德高地而争辩。

在以魔法直面战争的惨淡上，《独居》可以说是开创了独一无二的"战时现实主义"奇幻。不同于托尔金的完全架空的史诗式奇幻，也不同于《纳尼亚传奇》那用一个入口将奇幻世界与现实世界隔开的奇幻，《独居》带给我们的是现实与魔法无缝衔接、水乳交融的世界——远在J.K. 罗琳之前，本森幻想了一个巫师和"麻瓜"共处一片大地、同在一个英国的场景。我们看到女巫骑着扫帚飞过伦敦的地标，而巫师也要忍受贫穷和饥饿，也要作为普通士兵上前线。

然而，不同于《哈利·波特》的是，在《独居》里没有一个哈利做主人公带着读者渐渐融入魔法世界。《独居》是一本以"麻瓜"视角写就的魔法之书，书的主要角色是孱弱而又倔强的孤独女青年萨拉·布朗（其名字"Sarah Brown"的首字母缩写与斯特拉·本森一样都是"S.B."），一个虽然与作者本人无比相像，却不断被叙事者讽刺和审视的普通人。因为有了萨拉·布朗这个魔法之外的视角，魔法明显与正常世界格格不入；又因为她是普通人中的边缘者，属于能够听到魔法声音的少数人，于是，魔法的天真自然又把维持现实运转的中产阶级道德和行为准则反衬得越发荒诞可笑。同时，小说中存在感强的叙述者会不断打断叙事，进行大段评论和分析，或是以英国人特色的"冷幽默"来不动声色地"吐槽"笔下的人物（这种颇具实验性的现代主义手法也许会让热爱《哈利·波特》的读者吃惊）。叙事者介入产生的陌生化效果，将读者从沉浸式阅读中拽出，在故事的至暗时刻贡献笑料和讽刺，不仅突出了战争的荒诞感，也避免读者轻易认同故事中的人物，或是认同幻想世界中的终极善恶交战。

战争与女性

"一战"带给英国男性和女性的经验是不同的。大批男性应征入伍，空出的工农业岗位，尤其是军工业生产岗位，不得不由守卫家园的女性去填充。从这个角度看，"一战"确实赋予了英国女性（尤其是中产阶级女性）更多走进工农业生产、参与社会公共生活的机会。参与妇女参政权运动，加入"妇女田间军"进行农业生产劳动，到东伦敦的贫民区（在小说中化名为"布朗区"）租房生活，在慈善机构与底层人民打交道，这些斯特拉·本森本人的战时经历，在小说中都有所体现。

而作为奇幻小说，《独居》还通过女巫这个魔法世界的形象，幻想了作者所在的世界中女性还未触及的身份可能性：女巫作为志愿军参与了保卫伦敦的空战，直面德方的女巫战士。然而，这场在伦敦上空两个爱国女巫之间的打斗并没有给她们带来什么好结果，甚至引发了一场象征意义上的猎巫狂欢和火刑。考虑到本森在战前对妇女参政权运动的关注，这是不是作者对国家机器究竟能在多大程度上容忍女性僭越性别规范的一种悲观的预测？毕竟，当本森开始写作《独居》时，英国女性还没有获得选举权，战后的《1918 年人民代表法令》只赋予 30 岁以上具有一定资产的女性选举权（同时 21 岁以上的所有英国男性都获得了选举权），英国女性还要再等十年才能真正获得和男性同等的选举权。

除了探索战争背景下女性活动可能抵达的边界，《独居》正如其书名所示，也是一部关于女性独立生活的可能性与危险性的小说。1928 年，英国女性获得普选权的当年，伍尔夫向剑桥大学的女学生发表演讲，阐述女性精神独立的物质基础，即一间属于自己的房间和一年五百英镑，这些演讲后来成为二十世纪女性主义思想的经典之作《一间属于自己的房间》。《独居》探索的是女性刚开始尝试进入职业领域，想要探索空间上、心理上和经济上的独立时可能会有的痛苦和希望。处于《独居》故事中心的就是那家名字奇怪地叫作"独居"的公寓，里面一共生活过三个远离爱人、家庭和朋友的年轻女性：背离中产阶级背景而选择贫困的萨拉·布朗、未婚怀孕的底层女工皮奥妮和游离在任何阶级与规则之外的女巫。独居为这些各种层面上的叛逆者提供了暂时的庇护，但三个女人还是要各自独立地面对贫困、饥饿、病痛乃至不公的迫害。就像独居公寓的简章所说，选择了"独居"，就是选择一种忍受各种不舒服的生活，"独居"并不会为房客提供社交和友谊。在独居公寓的最后一晚，皮奥妮和女巫都不在身边，萨拉·布朗必须独自一人在黑暗中忍受疼痛，幻想友谊和爱人的安慰却求而不得："这就是独居的可怕夜晚，但任何真正热爱这座房子与这种状态的人，都不愿用这样一个荒凉幽寂的夜晚去交换一个在温软之地被监视着度过的夜晚。"

　　也许这就是二十世纪初，刚刚踏上独立之路的女性必须付出的心理代价。独立并不是一条坦途，女性要获得独立，必须接受并爱上脱离了体制、家庭和男性的庇护后面临的不确定性。但只要是在独居公寓居住过的女性，就不会愿意离开它，正如女巫在故事结尾处对萨拉·布朗所说："你怎么会离家很远呢，你是最大的家的居住者。你以为你毁掉了独居公寓吗？你以为你能逃离它吗？"1918年7月，在战火中带着未完成的《独居》手稿独自启程前往美国的斯特拉·本森，必须和最终孤身一人的萨拉·布朗一样，学会"跨进更广阔的'独居'的大门"，开始此后十五年在世界多地的漫游生活。

图书在版编目（CIP）数据

独居 /（英）斯特拉·本森著；符梦醒译. -- 桂林：
漓江出版社，2025. 1. -- ISBN 978-7-5801-0019-1

Ⅰ. I561.45

中国国家版本馆 CIP 数据核字第 2024AD4249 号

DUJU
独居

[英] 斯特拉·本森　著
符梦醒　译

出 版 人　梁　志
策划编辑　张　谦　张睿智
责任编辑　张睿智
装帧设计　周泽云
责任监印　黄菲菲

出版发行　漓江出版社有限公司
社　　址　广西桂林市南环路 22 号
邮　　编　541002
发行电话　010-85891290　0773-2582200
邮购热线　0773-2582200
网　　址　www.lijiangbooks.com
微信公众号　lijiangpress

印　　制　北京中科印刷有限公司
　　　　　[北京市通州区宋庄工业区 1 号楼 101 号　邮编：101118]
开　　本　787 mm×1092 mm　1/32
印　　张　6.625
字　　数　108 千字
版　　次　2025 年 1 月第 1 版
印　　次　2025 年 1 月第 1 次印刷
书　　号　ISBN 978-7-5801-0019-1
定　　价　48.00 元